浜田城史伝

田

HARVEST ハーベスト出版

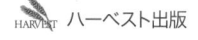

はじめに

あなたは幕末、明治維新と聞いて、何を思い浮かべるでしょうか？
坂本龍馬の海援隊、奇兵隊を率いた高杉晋作や吉田松陰といった長州藩士、薩摩藩の西郷隆盛、最後の将軍徳川慶喜、新選組を率いた土方歳三や沖田総司などでしょうか。最近は、維新後に実業家として活躍した渋沢栄一や岩崎弥太郎などの名前が挙がるかもしれません。

幕末は戦国時代と並んで人気のある時代で、数多くの小説や映画などで取り上げられています。明治維新の嵐は日本全国を舞台にして吹き荒れ、数々の歴史が積み上げられていきました。そしてその嵐は石見の地にも吹き荒れました。それも大嵐です。

幕末の石見地方は浜田藩と津和野藩、天領大森に分かれ、浜田藩は親藩松平家が治めていました。幕末から明治維新への渦中で起きた第二次長州征伐、その中で浜田藩は戦場となり、浜田城は炎上し落城してしまったのです。

さて、本書は江戸期の石見地方の象徴でもあった浜田城をテーマに、築城から落城まで、そこに関わった人々の物語を紹介するものです。

前作（『石見戦国史伝』）と同様に、この本をきっかけに、地域の歴史、遺跡にも興味を持っていただければと思います。

浜田城史伝　目次

序章

天が紅く燃えている。その色は昏《くら》い。鮮やかさ華やかさなど微塵も感じさせず、ただ厚く重し掛かるような圧迫感。

「まるで空が落ちてくるようだ」

人はそれを杞憂《きゆう》と言う。だが、目の前に広がる光景を、昨日までの自分にいくら話したところで信じてくれないだろう。そう、杞憂だ、と一笑に付すはずだ。

「おい、与助。お前も早く逃げねえと。えれぇ事になるぞ」

聞き覚えのある声が背から掛かった。ああ、と虚ろに応えた。彼も慌てているのか、それ以上、声を掛けてくる事はなかった。

天を赤黒く焦がしているのは大火だ。薪のように高く積まれたそれが、巨大な炎を模《かたど》っている。そこに積まれていたものは何だったか。燃えているものは何か？

「危ない！　崩れるぞ！」

「うわぁ、もうだめだ、早く逃げろ」

「何で……、なんでこんなことが……」

それまで辛うじて形を保っていた白壁が崩れ、屋根瓦が落ちる。崩れ始めればあっという間。轟音が耳朶《じだ》を打つ。熱風が吹き荒れる。舞い上がる火の粉の中、新たな息吹を得た炎の塊がまるで竜のように渦を巻いて天高く昇る。

「ああ、これでもう、浜田藩は終わりだ……」

だれかの声が聞こえた。いや、その声は自分自身の口から漏れていたのかもしれない。

火柱を伴い、崩れ落ちるのは浜田城。彼が生まれてから当然のようにそこに屹立し、見上げ、望んでいたもの。それが今、目の前で消え去ろうとしている。

その城に積まれていたものは、消え去ろうとしているものは何か？　親藩松平家の治政か、浜田藩の歴史か、徳川の幕府の時代か、それとも石見という国の終わりか……。

いや、それとも彼にとっての日常、当たり前の日々を暮らす世界そのものか。

天が紅く燃えていた。まるでこの世の終焉のように。

何故、という問い掛けに応える者はいるのだろうか。歴史の流れが必然であるならば、その時には既に決まっていたのだろう。そう、それは浜田城が築かれた時代。

その時へと物語は遡っていく。

第一章

石見国状調査ノ事

今村一正

「これより、お主らは速やかに石見国へ行き、その地誌を詳細に調べてきて貰いたい」

松坂藩藩主、古田重治《ふるたしげはる》に掛けられた言葉に、今村一正《いまむらかずまさ》は耳を疑った。

「石見……、で御座いますか。それは何故でありますか？」

藩主の言葉に応じたのは隣に並ぶ滝山一学である。城中、常には政務を執り行う一室。その広い部屋に、藩主から滝山一学と今村一正だけが秘密裏に呼び出されたのだった。滝山一学は軍学に精通し、いわゆる軍師としての役割を家中で担っている。

その滝山の言葉に、古田重治は顔を渋く歪ませる。

「それは我が古田家が石見国へ転封される。幕府よりその命が来ているからよ」

居並ぶ今村一正と滝山一学はちらと目線を交わし、首を傾げた。

「転封……で御座いますか。しかし、このような時期に。先代の重勝殿がここ松坂に入ってより既に二十年余りが経っておりますが……」

「幕府が何を元に命を出しておるか、我らには与り知ることはできぬ。そして、その命に逆らうことなどできぬ」

「それは、そうで御座いましょう。まだ大坂の戦から幾年も経っておりませぬゆえ」

大坂の戦とはいわゆる大坂夏の陣である。徳川の大軍が豊臣秀頼の篭もる大坂城を包囲し、激戦の末に豊臣家を滅ぼした大戦である。その戦の終結から三年と少ししか経っていない。今の時勢で幕府、すなわち徳川家の命令に異を唱えることのできる大名家など、全国の何処にもいないと言ってよい。

「石見に転封で御座りますか。なれば、殿の働きが認められたという、目出度いことではありませぬか」

今村一正は全国を記した絵図を思い浮かべる。古田重治は松坂藩藩主。松坂は近畿東部の一藩である。そして石見国といえば西国である。関ヶ原の合戦、そして大坂の合戦によって、多くの領主が論功行賞によって封地替えされている。後に大名鉢植え政策とも呼ばれる、大移動の時期だ。そしてその場合、西国に封地される大名の多くは大きく加増される事が多い。

「そうなりますと、新しき任地の石高はいかほどでありましょうか」

古田重治の父、古田重勝《しげかつ》が初代藩主として伊勢松坂藩に入府したのは文禄四年（一五九五）である。その時の石高は三万五千石。後に関ヶ原の合戦の功績により二万石の加増を受けて五万五千石となっている。

古田重治は眉をしかめ、苛立たしそうに吐き捨てた。

「我が古田家の石見での新しき封地は五万四千石だ」

「なっ」

今村一正は己の耳を疑った。殿の御前ではあったが、あからさまに滝山一学と見つめ合う。互いの表情を確認し合い、その言葉が聞き間違いでないことを確認した。

「……それでは、まるで懲罰ではありませぬか」

「しかし、殿は関ヶ原、そして大坂の陣でもおおいに手柄を立てられました。それが、なぜそのような遠国へ？」

「そのような事、我にも分からぬ。だが、幕府の命には従わねばならぬ。だから……」

古田重治の言葉が途切れる。歯を食いしばるように怒りを堪えているように見えた。

「だから、信頼できるお主らに移転のための地を調べてきて貰いたい。そういうことだ」

「はっ、ははっ」

二人は深々と頭を下げた。下げるしかなかった。

元和五年（一六一九）二月十三日、伊勢国松坂藩二代藩主だった古田重治は幕府より石見国への転封の命を告げられた。これが浜田藩の始まりであった。

今村一正と滝山一学は殿の御前より下がり、城内の一室で互いの膝を突き合わせた。互いの表情は暗い。分からないことだらけで混乱している、と言ってよい。

「しかしこれは、大変なことになりますな。単に移封という一事をもっても大事業だといいますが。それが遠国、しかも加増もなしということであれば」

例え加増があったとしても、封地替えは大名家にとって難しいものだ。新たな領国における地誌や住民の気質も分からぬ上に、何かと前領主の行いと比較される。前領主が民より慕われていれば、それだけ後から押しかけてきた新領主は統治しにくくなるものだ。

「うむ。その辺りの事情はこちらからも調べてみるとしよう。だが、幕府の方針には従わざるを得ない。早急に松坂を発ち、石見へと向かわねばなるまい」

滝山一学は、一つ言葉を区切りしばし黙考すると、ふむ、と目の前の男を改めて見やる。

「なるほど、殿が真っ先に我らに声がけしたのはそれが理由か」

「我らが呼ばれた理由でありますか」

「そうだ。お主、今の石見国の状況を存じているか」

今村は首を振った。今村一正はこれまでに古田重勝に従って朝鮮遠征や関ヶ原の合戦、大坂の合戦にも足を運んだが、正直なところ西国は山陰道に属する地に足を踏み入れた事がなかった。

「今の石見国は三分されている。一つは銀山を有する天領大森」

大森銀山の事は今村一正も知っている。徳川の治政となり銀山奉行として大久保長安が辣腕を振るったと、多くの話が広く伝わっている。大森銀山から産出される大量の銀は、幕府の財政をおおいに支えているという。

「一つは津和野藩。石見国の西方、津和野城を首府として坂崎直盛《さかざきなおもり》が治めていたが、例の千姫事件で坂崎家は御取り潰しとなった」

千姫とは、現将軍徳川秀忠の長女のことである。千姫は慶長八年（一六〇三）に徳川家と豊臣家の絆を強めるために七歳で豊臣秀頼と結婚し、両家の争いの渦中、大坂城内では人質同然に扱われていた悲運の女性である。そして慶長二十年（一六一五）大坂夏の陣、豊臣家が滅亡するその大戦のさ中、炎に包まれ崩れ落ちる大坂城内において、千姫を助け、無事父の徳川秀忠の元へ送り届けたのは坂崎直盛であった。大坂夏の陣において徳川家康が「大坂城より千姫を救出した者には千姫を再嫁させる」と約していたことの真偽は定かではないが、ともかく坂崎直盛は千姫との縁組みを待望した。一目惚れであったのかもしれない。しかしこの後、千姫は姫路新田藩主、本多《ほんだ》忠刻《ただとき》への輿入れが決まった。この扱いに怒った坂崎直盛は江戸町中で千姫奪還の計を巡らし、それを知った幕府側は坂崎直盛の屋敷を包囲して切腹させた。それが千姫事件の大まかな顛末である。

「そうですね。二年前に津和野藩には亀井政矩《まさのり》が入っておりますな」

亀井政矩の父、亀井茲矩《これのり》は尼子家の家臣であり、尼子家滅亡後は尼子勝久の尼子家再興戦に参画、毛利家と争い続けた武将である。尼子家再興が潰えた後、羽柴秀吉の家臣となり、関ヶ原の合戦で手柄を立てて因幡鹿野藩藩主となっていた。

なお、坂崎直盛は津和野城下を整え、側溝に鯉を養殖し、現在の津和野の町の姿を整えた人物である。

「そして残る地が我が古田家が移封される地になろう。今は幕府直轄領となっており主はいないはずだ」

「……それが、特に我らが指名された理由、でありますか」

「そうだ。我らは殿より多大なる期待を寄せられている」

「……」

今村一正は首を傾げる。彼は家中では算術に優れ、和算家として名が知られている。だが古田家において、高い役職を任じられているわけではない。そのことを怖ず怖ずと口にすると、滝山一学は忍び笑いを漏らす。

「何、お主は自分でも分かっておるではないか。此度、古田家が入る石見国は幕府直轄地、すなわち無主の土地だ。であれば、主のいない土地にはあれは不要だろう」

「あれ、とは？」

「城だよ。殿が領国を統治するための、象徴たる城」

「……っ、なるほど」

新たに城を普請するためには二つの要素が必要である。すなわち、戦を優位に進めるための戦術上の縄張りの構築。これは軍術に通じた滝山一学の役割である。そしてもう一つ、巨大構築物である城を効率よく普請するための和算家としての役割である。当時の和算書には効率的な木材の割り方、高石垣を築くための組み合わせ方や容積の計算方法、浮力を利用した巨石の水上運搬法などが記載してある。実需的な学問である。

「つまり、殿が先だって我らを石見国へ派遣するのは、地誌、地形を調べ上げ、新たに築城する地を速やかに定めよ、と。そういう命令なのだ」

「それは、また……、重大でございますな」

「ああ、だが、やりがいのある仕事でもある。この先、そうそう、新たな城を築く事など、できようもないからな」

「ああ、そうでございますな」

慶長二十年（一六一五）閏《うるう》六月十三日、幕府は一国一城令を発した。その内容は一つの領国には領主が居住し政務を行う城一つを残し、残りはすべて廃城とすること、というものであった。この令によって、戦国時代に数千数万とあった城のほとんどが廃棄されることとなった。一国一城令発令後に新たに築城された城は浜田城の他は、尼崎城など数城しか存在しない。

「なれば、確かにやりがいのある仕事でございますな」

「そうだ。だからこそ、我らが担う任は大きい。それを心して準備せよ」

今村一正は気を引き締めて頷く。大きく、そして明確な目標を前にし、顔は紅潮し、自身は浮きたつような気持ちであった。

「石見国へ発つのは数日内になるだろう。それまでに十全な準備をしておけ」

五日後、今村一正は滝山一学の邸宅へと招かれた。寒風の吹く、うららかな春にはまだまだ早い季節であった。茶人として名高い古田重治の家臣であるからには、茶道の心得は一通り身に付けている。温かな茶を喫して、落ち着いたところで滝山一学は口を開いた。

「先日申した件、方々から情報を仕入れてみたが……、これはまた、雲を掴むような話であってな」

「はあ」

滝山一学が調べたのは、古田重治が石見国へ転封される事になった経緯である。

「この度の殿の石見国転封は、本多忠政殿の推挙によるという噂がある」

「本多忠政殿、ですか」

本多忠政は現在の姫路藩、姫路城主である。大坂の合戦の功績により、元和三年

（一六一七）に伊勢桑名藩十万石から加増され、姫路藩十五万石を領することとなった。なお、本多忠政の父は徳川四天王と呼ばれる本多忠勝である。

「本多殿が、なぜ殿を？」

「先の大坂での戦、我が殿、そして古田家は本多忠政殿の指揮の下、激戦を戦い抜いた」

うむ、と今村一正も頷く。彼ら二人とも、大坂の合戦では古田重治旗下として参陣している。その時に、本多忠政の姿も何度も目にしている。

「本多殿は我らが殿の大坂の陣での働きぶりを評し、此度の石見国への転封を幕府へと提案したとか」

「大坂での働きぶり……、でございますか」

今村一正は語尾を濁した。正直なところ、大坂の合戦において殿、古田重治がそれ程の手柄を立てたという意識はない。そもそも兵の数が違いすぎた。豊臣家六万に対して幕府軍は十七万、これが野戦でぶつかったのだから豊臣側に最初から勝ち目はなかった。合戦が始まる前から徳川方の勝利は決まっていたのだ。

「滝山殿、こう申すのは憚りまするが……」

「分かっておる。みなまで言うな。ともかく本多忠政殿は殿、古田重治殿を戦場において信頼できる人物として幕府に推挙し、それが認められた。それで何故石見国なのかは、わかるな」

今村一正は頷いた。大坂での合戦、いわゆる大坂夏の陣は、徳川家康と豊臣秀頼による天下を争う一大合戦であった。だがそれは突如始まったものではなく、関ヶ原の合戦から徳川幕府による支配体制が確立されていく中で、まるで地下に徐々に溶岩が溜まり圧力が高まりそして一気に火山噴火が起こるように、歴史には流れのようなものが存在した。その流れの中で、徳川幕府は大坂城の抑えのために、姫路の地に大藩として池田輝政を置き、堅城姫路城を構築させた。それと同様の事が、これからも起き得ると幕府は考えるだろう。

「今後、徳川の治政に逆らう者があるとすれば、薩摩藩の島津家、佐賀藩の鍋島家、そして長門周防を治める長州藩の毛利家でありましょう。万が一、長州藩が幕府に対して叛意を起こしたとき、その軍の進路は東、すなわち江戸へ向かうはず。したがって、真っ先に長州藩の攻略目標となり、幕府の防衛線となるのがその周囲の国、そのうちの一つが石見国となるわけですね」

「そうだ。大坂の戦ぶりを評価され、将来予測される大戦に備えて要の地に配置された。それ自体は殿にとって名誉なことであろう」

滝山一学の説明も、どこか詰まったような言い方であった。説明している本人さえ、納得していない様子。しばらくの沈黙の後、滝山一学は一度視線を反らせてから今村一正へと向かいなおった。

「お主、大坂の合戦での原十兵衛と本多忠政殿とのやり取りを覚えているか？」

滝山一学は唐突に話題を変えた。今村一正は余りの唐突さに目をしばたいた。

「はっ、はい。承知しておりまする。確か、本多忠政殿が……」

原十兵衛は古田重治の重臣の一人である。古田重治が信頼し重用する家臣であり、先の大坂での戦では、病の思い古田重治の代わりに一軍を率いた強者でもある。その原十兵衛の大坂の合戦における本多忠政との逸話とは以下のとおりである。

大阪夏の陣のおり、天王寺口の布陣の差配を任された本多忠政は、諸将の布陣を決定し令を下した。古田重治は本多忠政の旗下に配属されその令を受け取る立場にあったが、その時、古田重治は病が篤《あつ》く忠政の陣に赴く事ができなかった。そのため家臣の原十兵衛を使わすこととした。原十兵衛は古田家にあてがわれた陣所を目にして難色を示した。

「我が古田家にこのような難所をあてがわれるとなると、主君の了承を得ない限り受け取ることができませぬ。この陣所が籤で決まったのであれば今すぐ受け取りますが、そうでなければ主の意向を確認せねばなりませぬ」

この十兵衛の発言に本多忠政は声を荒げた。籤、すなわち神の意であれば命令を受けるが、それ以外の命令は撥ねつけるという意味になる。このとき、本多忠政は親族に有利になるように配陣しており、まさにその痛い点を突かれたという。

「我は大御所様（徳川家康）からこの役目を仰せつかっておるのだ。そのような勝手な主張を聞き入れておれば勝てる戦も勝てぬわ」

「そのような事を言われましても、納得できぬことは納得できませせぬ」

本多忠政の怒声を、しかし原十兵衛は撥ねつけた。互いに譲らぬ中、同席していた分部《わけべ》光信《みつのぶ》が間に入る。

「十兵衛殿。陪臣《ばいしん》の者が本多殿に意見するとは不届きである。ここは下がられよ」

と、原十兵衛を叱りつけた。ただ、続いて本多忠政に対して、

「十兵衛殿は主君、御家を思っての発言でありまする。どうか許していただきたい。そこで差し出がましいとは存じますが、陣所割りの件は再考していただけないでしょうか」

分部光信の言を受けて、本多忠政は怒りを鎮めた。そして改めて陣所割りを行っている。問題になるのはその後の合戦の展開である。組み替えた配陣で大坂での最終決戦に臨んだところ、本多忠政の弟、忠朝《ただとも》がこの合戦で命を落としている。

「本多忠政殿は大坂の合戦で弟君、本多忠朝殿が落命した原因は我が古田家にあると、今でも恨んでいるという噂がある」

滝山一学が調べてきた噂とは、すなわち、本多忠政が大坂の合戦での遺恨により、古田家が不利になるような領地の移動の提案を行っている、ということである。

「それは、ほとんど言い掛かりではありませぬか！」

今村一正は憤慨するが、それを滝山一学は押しとどめた。

「まあ落ち着かれよ、今村殿。今の二つの話はあくまでも噂に過ぎぬ。誰にも証明できるものではない。だが、我が古田家が石見国に転封されるという幕府よりの命令、これは真実だ。そして誰も逆らうことはできない」

「数日内に我らは城普請の予定地を探るために石見国へと発たねばなるまい。その前に、殿に築城予定地の条件を確認しておく必要があると思う。本日は、その打ち合わせをするために、貴殿を呼んだのだ」

はい、と今村一正はそれまでに湧いた怒りを鎮めて姿勢を正した。

「明日、登城し殿と対面する手筈としておる。それまでに、情報を整理し、殿への献策を練ることとするぞ」

「はい。了解いたしました」

翌日、滝山一学と今村一正は登城し、殿の御前へと謁見した。

「まずは大殿には石見国への御栄転、お祝いしたく存じます」

滝山一学が一礼し頭を下げた。古田重治は苦々しく曖昧に頷く。肘掛けに片肘を置き、大儀そうに顎を預けている。まだ機嫌が悪そうだ、と今村一正は見て取った。反面、滝山一学は笑みを浮かべながら相対する。

「此度の移封、石見国はここ松坂藩より加増となりますゆえ」

「加増、とな？」

古田重治は怪訝そうに問い返す。今村一正も主と同様、滝山一学の言を奇妙に思った。先の話では、松坂藩五万五千石に対して、新たな転封地である石見国には五万四千石ということであった。二人分の視線を受けて、滝山一学は背筋を伸ばして応える。

「領国の生産高は石高で表しまする。これは何をもって基準となすものでありましょう、今村殿」

「あっ、と……。主に水田からなる穀物生産高でございますな。いわゆる五穀、米、麦、粟、稗、黍《きび》」

「そのとおり。長期間の保存がきき輸送も容易であり、人が食し生きるために必要なものでありまするので価値の変動も少ない。時には貨幣の代わりともなるものが穀物であります。そしてそれらは水田で収穫されまする。そこで石見国で御座います。私が調べたところ、石見の地は平野、盆地が少なく、山野が多く広がっております」

「それでは、石見は豊かな土地とは言えないではないか」

今村一正にも滝山の話の展開に方向性が見えてこない。

「領国の基準は水田での穀物生産高をもって測っておりまする。しかし、山野には様々な木々や山菜、鳥や獣といった資源も多く得られます。中国山地では踏鞴《たたら》製鉄も盛んだと聞き及びます。それらの恵みは石高という領国の規模には影響を与えませぬ。当然、幕府へ上納すべき軍役への対象とはなりませぬ」

「ふむ、なるほど。松坂藩五万五千石、石見国五万四千石とはいえ、山がちな石見国であれば山野の恵みが得られる分、藩の財政は潤うと、そういう訳だな」

「はい。まさに仰るとおりでございます」

古田重治と同じく、今村一正も納得する。

「さらに付け加えますれば、石見国は山陰道の西の端。幕府の中枢たる江戸とは遠く離れまするが、それ故に重要な役回りといえるでしょう」

「重要、となな」

「はい。今の幕府にとって潜在的な敵と考えられるのは、西日本へ配属された豊臣恩顧の大大名達で御座います。大坂の合戦が終わった今、明日、明後日に何事か起こるということはあり得ませぬが、それでも関東近辺は徳川方の諸大名が治めておりますので、大まかな傾向として西国に注意を向けている、ということでございます」

「もし長州……、いやどの藩かは分からぬが、事が起きれば石見国は最前線となる。そういうことだな」

「確かに。危機は国内のみでなく、海外、大陸からの侵攻がありえないとはいえませぬ。かの元寇《げんこう》の折りには北九州など日本海側の領国が最前線となりましたゆえ」

「先陣は武人の誉れ。一朝事ある時には一番に槍を付け、幕府の盾となり、天下太平の礎ともなれましょう。殿にはそれだけの大役が期待されている、と。そういうことで御座います」

滝山一学は言祝ぐように言葉を続けると、古田重治の顔色も明るく変じていった。載せていた顎を上げ、やや前屈みで話を聞く態勢に入っている。思わず今村一正にも笑みがこぼれる。

「さて先日、殿より石見国の地誌を調査せよとの命を頂きました。殿には幕府より戦場の盾としての役回りを期待されておると愚考いたしまして、我ら両名、その方針を確認するために、本日罷《まか》り越しました。今村殿、例のものを」

はっ、と今村一正は応じて準備していた絵巻物を古田重治が見えやすいように広げる。その図柄は石見国とその周囲を描き写したものだ。

「現在の石見の地は幕府が統治しております無主の地であります。これより殿がこの領地を治めるためには主たる城が必要で御座います」

古田重治は得たり、と頷いている。

「そこで我ら二名、石見国を治めるべき新たな城の普請、そして城下町の建設について方針をしたためましたので、御確認いただきたく思います」

ふむ、と顎をしゃくって先を促す。

「まずは一つ、城の縄張りは西方からの攻撃に備えることです。先の話に関連しますが、幕府の中枢、そして京の都は東方。こちらから敵が攻め寄せる可能性はほぼありませぬ。これに対して西方は何かと不安定な状況にあります」

滝山一学の説明に合わせて、今村一正は石見国の西方を指し示す。そこには長州藩、毛利家の領土がある。

「続いて、今後の経済、流通の事を考えますと海運が重要、すなわち海沿いの立地が望まれます。山がちな土地柄でもあり、川船による流通も重要でありましょう。さらには新たな城下町の区割りには平坦な土地が必要であります」

絵図を見ると石見国は海岸まで山が迫り平坦な土地が少ない。内陸部では大きな街道でも峠越えの難所だと見て取れる。

「国内での流通、これを鑑《かんが》みましても船、そして河川の活用が重要であります。であれば、西から益田川、三隅川、周布川、浜田川、そして江の川が基幹となります。これらの河口近辺が流通の要地となりまする」

それぞれの川を今村一正は指し示してゆく。そして顔を上げて口を開く。

「これらの場所であれば、城は山城よりも平城、もしくは平山城になると存じます。川の近くに城を構えますれば、川を天然の堀とし、要害が築けましょう。藩の威厳を示すためにも、高石垣や天守など、威を発する城にせねばなりませぬ」

「今村殿の言、もっともでありますが、石高は五万四千石。一国一城令に従えば、あまりに過分な城を普請するわけには行きませぬ。財政に見合った中で、それでも威厳のある城を普請せねばなりませぬ。その辺りにつきましては、現地の状況を確認しながら詰めていきたいと考えておりまする」

二人の説明を聞き、古田重治は満足げに頷いた。

「うむ。よく案を練ってくれた。多くの説明もしておらぬにも関わらず、お主ら二人、我の期待に違うことなく働いてくれたものよ」

当初の不機嫌さはどこかに消え去り、古田重治は笑みを溢しながら二人の説明を讃えた。

「今回の転封についてはまだまだ内密の話だ。多くの家臣には知らせておらぬ。だが、主らは重要な役回りがあるからこそ、先だって話を伝えたのだ。そこで、だ。これからする話も内密の事柄と心得よ」

古田重治は言って笑う。

「此度の転封により、ここ松坂藩は廃藩となる」

えっ、と二人分の驚きが漏れた。

「松坂藩は紀州藩に合併され、加増された紀州藩には徳川頼宣《よりのぶ》殿が入部されるという話だ」

「徳川頼宣殿……、で御座いますか。それはまた……」

徳川頼宣は徳川家康の十男、現在は駿府藩五十万石を治める大藩の藩主である。元和五年（一六一九）に紀州藩五十五万五千石に転封され、いわゆる徳川御三家の一つ親藩紀州藩が成立することとなる。

「そういうこととなりますれば、現在の紀州藩主、浅野幸長殿はいかがなされましょうか」

「そこだ、問題なのは。実は浅野殿の移転先はまだ決まっておらぬ」

「……」

妙な話だ、と今村一正は首を傾げる他ない。だが、幕閣の意向など、大名の一家臣に過ぎない者には想像することもできない。

「それゆえこの大事、決して漏らすでない。噂は何処に飛び火するかも分からぬ」

秘密を持つ者はそれを抱えることが愉悦なのではない。話した相手が驚くのを見て、自分の優位を実感することが愉悦なのだ。従って、決して漏らしてはならない秘密を抱えることは苦痛でしかない。今村一正は苦く笑うしかない。

「この話で重要なことは、廃藩となる松坂には遠慮の必要がないということよ。従って、ここ松坂の城下町より我が家の御用商人や優秀な職人などを大勢引き連れて新しき城下町に組み込むことができる。これは大きな違いであろう」

「なるほど。その話の有無は新たな城下町づくりに、町割りに大きく響きまするな。当然、城地の選定にも」

そうだろう、と古田重治は満足げに胸を張る。先の展望がより具体的な形となったことで、安心したのだろう。顔色や態度は、謁見の当初とは雲泥の差であった。

「調査に必要なものは遠慮なく申せ。我が古田家、百年の計がお主らの双肩に掛かっておるのだ。心してかかれよ」

「はっ」

今村一正は滝山一学と共に深く頭を垂れた。

第二章　石見国入部ノ事

古田重治

元和五年（一六一九）十月、古田重治は石見国へと入部した。極楽寺（現在の浜田市元浜町）を当面の仮御殿として、ここから城地の選定に掛かることとした。

「殿におかれましては、松坂よりの長旅お疲れさまでございます。一先ずは落ち着かれてからの御案内と考えておりましたが……」

「よいよい。新しい国づくりとは一刻を争うもの。それに我自身も逸《はや》っておるのだ。ゆっくり休んでなどおられぬよ」

古田重治はこの時四十一歳。やや病弱のきらいもあり、大坂の合戦においては病身で難儀したこともあるが、このところはすこぶる健康である。

「殿に監督いただけること、我ら家臣一同、より一層の意欲が湧くところでございます」

改めて城の普請奉行へ任命された滝山一学と今村一正、さらには古市久馬、松田武太夫といった家臣が揃っていた。

「それでは、本日は浜田の小浦より船を出しまして、四つの候補地を巡りたいと考えておりまする。四つの候補地とは西から益田、三隅、周布そして浜田でございます」

言って先導するのは軍学者である滝山一学である。

「うむ。そこまでは聞いておるぞ。しかるに滝山殿、そもそも浜田の極楽寺を住居としたのだから、結果は一つに絞れておるのではないのか」

「はい。我らも一通り現地を確認し、候補地の選定に向けて協議いたしております。しかしその結果を示す前に、殿にも現地を確認いただき御意見を賜りたく存じます」

「よし、ならば早う参ろう」

先を急かすように古田重治は船に乗り込む。浜田の小浦は小さな漁村であり、見るべきところはない。

古田重治と四人の普請奉行、そして随従の家臣を乗せて、早朝の陽を背に受けて船先は西へ向かった。船中での古田重治は日本海の荒波が打ち寄せる海岸を珍しそうに指差している。その一画に幾艘もの船が繫ぎ止められていた湊があった。

「あそこには船と大きな集落が見えるな。あれは何処だ」

「はい。あれは長浜の湊であります。かつて周布氏が治めし土地であり、石見でも一、二を争う大きな湊でもあります。室町に幕府が国を治めていた頃、周布氏は朝鮮と直接交易を行っていたと、それだけの歴史を持っております」

「そうか、日本海側は大陸に近しいからな。それは良いことを聞いた」

船はさらに西に向かい、昼前には目的地であった益田、中須湊に到着した。

「ここ中須湊は石見国で一、二を争う貿易湊であります。高津川と益田川。二つの大河の河口にあたり、海とは砂州で区切られた大きな湾の、その河岸に湊町が広がっております」

船頭に立って説明するのは古市久馬である。その説明に、古田重治は引っかかりを覚える。

「さっきと同じ説明を聞いた気がするが……」

「はい、石見国で一、二を争う貿易湊とは、すなわちここ中須湊と先ほどご覧いただきました長浜湊であります」

「それで、どちらが優れておるのだ？」

「それはなかなか難しい問いかけでございます」

応えたのは今村一正である。

「ここ益田の地は、かの毛利家に臣従しておりました益田氏が治めていた土地であります。その際には中須湊を重用し、大森銀山で採れた銀を、博多湊を通じて大陸へと運ぶ交易の中継点としていたようです。これは、博多湊から大森銀山、はては出雲までを領土として治めていた毛利家だからこその重用でございます」

「しかし、現在の状況は大きく異なっております」

言葉を続けたのは松田武太夫である。かれは以前北条氏に仕えており、北条氏滅亡ののち浪人であったところを古田重勝（重治の父）が家臣として組み入れた経緯がある。

「今の藩の境は高津川となっております。高津川より東が古田家の領土、西は亀井家、すなわち津和野藩の領土となります。今見えまする、あの河岸は既に津和野藩になるのです」

「う～む、それは扱いづらい状況にあるな」

船は二つの川が合わさった湾の益田川沿いを遡上している。

「他藩との国境に、それも西方の国境に近すぎるというのは大きな問題であります。城地の条件としていました西への備えも難しくありましょう。そしてもう一つ、懸念している事があれです」

今村一正が指し示したのは船の進行方向。その先には標高百二十メートルほどの小山が見える。雑木、雑草が生い茂った山だ。明らかに人の手で加工された雰囲気がある。

「あれに見えるのが、益田氏が居城としておりました七尾城でございます」

「ほう、あれが七尾城か。割と大きいな」

「はい、そこも問題の一つです。七尾城は戦国期に築かれた城であり、山城であり、土の城であります。それを石垣造りの城に改修いたしますのはなかなか……」

「また、益田氏は毛利氏の庇護の元、十二万石の禄高がありました。我が藩はその半分の五万四千石であります。城を築くことができたとしても、その維持に藩の財政は厳しくなりましょう」

「これらのことから益田の地は、候補から落とすこと、我ら一同、意見が一致いたしました」

「うむ、そちらの説明よく分かった。確かに、ここ益田に城を築くのは難しくあるな」

一行は、それでも七尾城跡地へと登り、眼下に益田平野を見下ろした。河口には砂州によって海と隔てられている大きな湾。風待ちをする船には絶好の湊である。河口であるために砂で埋まるのが問題であるが、それでも古来より人が手を入れて貿易港として繁栄してきたのだ。そして川の東西には平坦な土地が広がる。益田氏十二万石の城下町であったという経歴故、七尾城の城下には数多くの家屋が軒を連ねている。城下町以外の土地についても下流域だけあって沼地も多く洪水も発生しやすそうな土地柄でもあるが、堤防を築き、用水路を整備すれば豊かな土地となろう。そして高津川、益田川は中国山地の上流へと続く。河川は川の幸をもたらしつつ、山間部の木材などは上流で切り出し筏を組んで下流へと流して運ぶことができる。一つ一つ、それらの光景が眼に浮かぶ。

「土地の条件としては悪くないのだがな」

「そうですね。長い歴史がこの地に残っておりますので」

「ふむ、あそこに見える建物は何だ？　寺か？」

七尾城から眼下に見下ろす城下町の、その益田川の河岸沿い。家屋が集まるあたりに、一際大きな敷地を持つ寺院があった。

「はい。あれは萬福寺であります。かの益田家が菩提寺として定めており、また、近隣の医光寺と共に、かの画聖、雪舟が石庭を築いた寺院であります。平安期に創建されたと伝わっており、本殿は鎌倉様式の重厚な建築物となっております」

「ほう、かの雪舟が造りし庭園が、な」

古田重治は茶人らしく、庭園にも造詣が深い。羨望の視線が向けられたこと、居合わせた家臣全てが感じていた。

「この後、萬福寺へと参詣いたしましょうか」

滝山一学の提案に、古田重治は首を振った。

「それはまた後日にいたそう。今は城地の選定が第一である。また機会あるときに、ゆるりと参詣しようぞ」

残念そうに視線を外す古田重治に、滝山一学は言葉を紡ぐ。

「これより先に加増を受け、津和野藩も合することになれば益田の地の開発にあたることもありえましょう」

あえて楽観的に、可能性の薄い将来像を滝山一学は口にする。

「それでは次の候補地へと参りましょう」

「次なる候補地は三隅でございます。この地は鎌倉から室町の時代、三隅氏が高城を居城として地域一帯を治めておりました」

船は三隅川をゆっくりと遡上していく。三隅川は益田川と異なり河口部は狭く湾曲し、両河岸はなだらかな山に連なっており、その河岸に平野は少ない。

「どれが高城なのだ？」

「前方、中国山地の山々が見えますが……、ええと、あの一つだけ少し高い山、それが高城でございます」

ん、ううん……、と古田重治は唸りながら首を伸ばす。後背の中国山地の山々と重なり、高城の特異性は見て取れない。

「高城は完全な山城でありまして、過去には南北朝の争いにおいて三隅方二千の兵で高師泰《こうのもろやす》の二万以上の大軍を退けた、といった逸話もございますが……四十年以上前に三隅氏が滅び、以後、管理の手が入っていないためほぼ原野に戻っている様子です」

「正直なところ我々が求める城郭とは異なるものでしょう。城下町や湊を築くなら、この辺りになりましょうが、城と城下の距離が離れすぎております」

「そこでもう一つ、三隅川河口付近に針藻《はりも》城という支城があり、こちらも検討いたしました」

船上で体の向きを変えて、今度は下流域を指し示した。

「標高は五十メートル。かつては三隅水軍の拠点であったようですが、城を築くには規模も小さすぎます。また、御覧のとおり周囲に平野が乏しくこれでは新たな城下町の構築などできませぬ。さらに言えば針藻城は三隅川の左岸、すなわち西側に位置いたしますので、三隅川を防御に組み込むこともできませぬ」

ふむ、と古田重治は得心したように頷く。

「よって、ここ三隅の地も候補地として取り下げることといたしました。いかがでございましょうか」

「うむ。確かにこれでは新たな城、新たな城下町を築く土地が不足しておるな。自分も同感だ。ここに城を築くのはやめにしよう」

ははっ、と一同頭を下げて、船は再び海へと向かい奔りだした。

「続いて御確認いただくのは周布の地でございます。中世、周布氏が居城としておりました鳶巣城《とびがす》であります」

船は周布川河口より上流に向かってゆっくりと奔る。三隅川と異なり、川幅は広く、遠くに見える山々もなだらかである。

「鳶巣城は周布川の右岸、塚ヶ原山を後背に、山裾に築かれた城でございます。標高は八十メートル。規模はそれほど大きくありませぬな」

「周布氏といえば、朝鮮と直接交易を行っていたという話だったな。それにしては周囲に湊も市も見えぬが」

鳶巣城は周布川河口近くの平坦地と中国山地の山々の境のような位置にある。街道沿いに家屋は連なるが、平坦地はほとんど田畑で占められており、行き来する船も少ない。

「周布氏の湊は先に御覧なされた長浜湊であります。したがって長浜湊は周布氏の管轄下であったとはいえ、城下で発展していった湊ではなく独自の交易で発展した湊のようであります」

「ふむ、ならばお主らはこの地に城を築くこと、どう考えるのだ」

「まず第一に……」

最初に口を開いたのは滝山一学だ。

「鳶巣城は周布川の右岸に位置し、ここを城砦化する場合、周布川が天然の堀となり西方よりの攻撃の備えとなりまする。また、後背の塚ヶ原山についても、合わせて防御施設を備えておけば、連携して敵に当たれます」

「城の縄張りとしては、あまり大規模なものは取れませぬ」

これは今村一正の説明だ。

「鳶巣山は塚ヶ原山より尾根伝いで繋がっておりましたが、鳶巣城普請の際に大規模な堀切で切断しております。本格的に普請する場合、この堀切をさらに大きく取り、その取り除いた土をもって曲輪を築いてゆくことになります。主郭に天守閣を建てるほど大きく取るには山頂部を少し削る必要があるため高さは少し低めになる、と考えられます」

続いて古市久馬が口を開く。

「城下町は鳶巣城城下に区割りすることができましょう。あの辺りには以前周布氏が居館としておりました町割りもありまする。松坂から呼び寄せた商人達を城下に、そして以前からの長浜商人達には長浜湊を外湊として役割を分担させることで互いに発展させることができましょう」

「役割の分担とは、城下の町人街には周布川を水運として活用することとなりますが、深さが足りないため大きな船を接岸させることができないからでございます。遠国と交易するような大きな船は外湊である長浜湊を利用し、そこから小舟に荷を載せ替えて城下町へと送る。そういう形になりましょう」

最後の説明は松田武太夫である。その説明を聞いたところで、古田重治は顔を顰《しか》めた。

「その場合、松坂の御用商人達に不利益にならぬか。遠く、石見の国まで呼び寄せておいて、それでは彼らも納得すまい」

「その懸念は確かにありまする。その場合、御用商人には何らかの特権を与えるなど、これから対策を考える必要があると存じます」

一行は鳶巣城へと登り、眼下に周布川河口域を望む。城下町づくりに利用できそうな平坦地は、益田のように十分に広いとは言い難いが、最低限の広がりは期待できそうだ。周布川は幅広に、ゆったりと湾曲しながら流れており西方への見通しは広い。

「確かに、ここであれば西から攻め寄せる敵を一望できような」

一つ頷いて、家臣達を眺め見た。

「それで、お主らはここ周布の地を新たな城地とすること、いかが考えるのか」

「まず、先に挙げておりました戦術的観点、新たな城下町の区割り、いずれについても十分な条件を満たしていると考えられます。ただ、問題点として、やや城郭や城下町が手狭になることと、外湊が離れているということがあります。その点を抑えておきながら、最後の候補地について説明いたしたく思います」

再び周布川に船を浮かべる頃には陽が落ちたため、この日の現地確認は終わりとし、残りは明日となった。

「最後の候補地は、ここ浜田であります」

翌朝、仮御殿の極楽寺より徒歩で向かった小山は鴨山という名前であった。

「この地には中世を通じて居城を構えた領主はおりませんでした。この場所には吉川元春殿が陣屋を置いた、との話が伝わっております。標高は約七十メートル。周囲には小高い山が幾つもありますが、見通しは悪くありませぬ」

昨日と同じように滝山一学が解説を始めると、今村一正がこれに続く。

「昨日の周布と同じく、城郭はそれほど大きな縄張りは取れませぬ。しかしここ鴨山は海に張り出した独立峰となっており、また城下が浜田川の河口域となりますのでこれを天然の堀となし、攻めにくい強固な城郭となりましょう。また浜田川の土手を改修し、城下を整備すれば町の区割りもできましょう」

説明を受けて古田重治は鴨山からの光景を見渡したところで眉を顰めた。鴨山からの眺めは一言で表すと、地の果て、であった。北方を見渡すと、こちらは日本海を見渡せる絶景である。今も遠く帆を張った船が行き来しており、広く船の動きを見張るには好都合の立地である。東方は内陸に入りくんだ小さな湾になっており、鄙《ひな》びた漁村、といった体だ。湾に接する平坦地は狭く、その先は急峻な崖をもつ山々になっていた。南方から西方には浜田川が湾曲しながら流れている。その周囲は平坦地がいくらか見渡せるが、そのほとんどが沼や湿地である。高潮や洪水が起きれば度々浸水するような、荒涼とした湿地である。この地に家屋を建て、居住している人影はほとんど見えない。昨日、七尾城から見下ろした益田市街地と比して雲泥の差である。それは比喩でもなく、まさに浜田の地は泥と沼の広がる不毛の地に古田重治には見えた。

滝山一学と今村一正の説明に首を傾げる。

「極楽寺を仮御殿にしたこと、それに昨日までの説明から察するに、お主らはここ浜田が有力な候補地の一つと考えておるのであろう。だが、この閑散とした光景は何だ？　今の説明は分からぬでもないが……、そもそもこれまでの領主達はここ浜田を居城としなかったという。それは何故だ？」

「それはこれまでの統治のありようと、これから殿がなさります石見国の統治は異なるからでございます」

古田重治の疑問に滝山一学が答える。

「鎌倉から室町、いわゆる中世の領主達にとって重要な資源は人であり重視したのは食料の確保、すなわち田畑でありました。戦国期まで我ら武士も半農半士、領地、田畑を守るために弓矢を手に戦って参りました。しかし、これからの世は異なります」

織田信長の天下布武以降、武士はいわゆる専門職となり、土地から切り離された。

今回の転封が良い例だ。一命あれば見ず知らずの土地に赴き、そこに住まう人々を統治せねばならない。

「また全国的な戦乱は既に収まり、泰平の世となりました。それによって流通網も整備され、これからは農業よりも商業が活発になるでしょう。で、あれば城郭も農本主義ではなく商本主義、すなわち貿易湊と城下町を優先して整備すべきと考えます」

「浜田の地はその名の如く海岸に僅かばかりの田がある、といった土地柄であります。それでは田畑を耕し食料を得て人を治める、戦国期の領主には魅力はありませぬ。しかし、吉川元春殿がここに陣屋を備えたように、戦略的には意義がある立地ではあります」

「ふむ、確かにそうだな。では、具体的に浜田の城下町の整備はどのように考えているか」

「はい。まずは浜田川の治水が必要となります。河底を掘り下げ堤を築き、湿地から水を抜きます。これで鴨山の南側、浜田川の南北を城下町とすることができます。城に近い北側を武家屋敷に、南側を町人街とします」

「鴨山の東、松原の湾を貿易湊として整備いたします。ここに松坂からの御用商人を入れ、交易に従事させます。松原湾は内陸に入り込んでおりますので、風待ちには絶好の条件であります。問題はやや手狭であるということですが、ここ鴨山の北西にあります瀬戸ヶ島も風待ちの条件を満たしておりますので、併せて湊を整備いたします」

「なるほど。それであれば、松坂から呼び寄せる商人達も満足するであろうし、城下町を一から整備すれば我らも何かとやりやすい。新しい土地に入るときには、旧来の住民と新しい住民の諍《いさか》いが絶えぬからな」

滝山一学の立て板に水を流すような説明に、古田重治も満足する。具体的であり、実現性も高そうだ。しかし、そうなると一つの疑問が浮かぶ。

「お主らの調査、誠に微に入り細を穿《うが》ったものと感心した。旧来の領主の居城地に拘らず、よく浜田という地を見つけてくれた。しかし、それでも城地の候補は一つではないのだな。昨日見せてもらった周布の地と、ここ浜田。どちらを選ぶかで迷っているのを感じた。そうなのだな」

「そのとおりでございます。現地を調査いたしまして、それぞれの長所短所を比べ、それでも我ら家臣一同、どちらかにするか決めあぐねておりまする。そこで我々の調査を元に、最後は殿に決めていただきたいと考えておりまする」

「ふむ……」

古田重治は一つ息を吐いて心を落ち着かせた。確かに、居城の立地を定めるという重大事は領主たる古田重治自身が決めることであろう。居並んだ家臣達を眺め見る。それぞれに、苦労を重ねた調査を報告し終えた達成感と充実感に満ち溢れている。さらにはその調査を元に、領主である自分がどのような決断を下すか、固唾を飲んで見守っている。ただ、家臣達の報告のみを元に判断を下すのも悪くないが、それ以上のものを求められるのが上に立つ者の宿命であろう。

「う～む」

昨日今日の現地踏破で見たこと、聞いたことを思い返す。滝山一学らの調査はまずもって信頼できるものではあったが、見落とした点はなかったか。自身がその地を踏み、その場に望んだとき何を感じたか。暫く目を閉じる。船に揺られ、それぞれの候補地を初めて訪れたときの、あの感覚……。

「よし、決めた」

古田重治は目を開けて断言した。家臣一同の視線が集まる。

「新たな城地は浜田とする」

おおっ、と居並んだ者達から響《どよ》めきが起こる。「さすがは殿」「やはり浜田か」「周布も悪くなかったがなぁ」と、それぞれが思いのまま口にする。響めきが落ち着いたところで滝山一学が皆を制して一歩進み出た。

「して、殿。差し支えなければ、何故浜田を選ばれたのか、その理由をお聞かせ願えまするか」

うむ、とひとまず軽く応る。

「まず始めに、城地選定にかかるお主らの調査、御苦労であった。調査の内容、城郭の縄張り、城下町の区割りまで含めた検討、期待した以上の成果であった。これについては後ほど褒美を取らせよう。さて……」

古田重治は一呼吸おいて、話を続けた。

「最終候補に残った浜田と周布。これらは確かに甲乙つけがたい条件を備えておる。周布は西からの備えに優れており、浜田は城下町づくりに優れておる。その中で私がこれからの治政に重要だと感じたのは商業の発展と威厳ある城姿である」

「城姿……、つまり城の見た目、でありますか」

「そうだ。城の役割、その一つは領主の館、政の中心であるということ。それと同時に領国の象徴ともなるということだ。立派な、見目良い城を仰ぎ見ることは領民の誇りともなり、我が古田家の威厳を示す事にもなろう」

周布と浜田。どちらも小高い小山に城を築くことになり、その縄張りは狭い。城の威厳という点ではどちらも落第点のように思われる。

「城の印象は、初めて見た時の影響が大きかろう。そしてこれからの商いが隆盛していく時代において城下町の発展とはすなわち貿易湊の発展に他ならぬ。交易には船が必須であるからな。それでは新たに築かれた城の姿を、船上から望み見た光景を、それぞれ思い浮かべてみるが良い」

周布の主要港は長浜湊である。ここから新たな城を望み見ることはできない。小舟に乗り換えて周布川に入ってから城を目にすることになる。その城は塚ヶ原山を後背に控えた姿だ。それでは城の大きさは目立たず、城の姿は霞んでしまうだろう。

浜田の主要港は松原湾となる。そこに至るまで、鴨山に聳《そび》える城は海上遠くより視界に入りよく目立つ。しかも周囲に高い山はなく、単独に屹立した姿を示すだろう。そして松原湾に、もしくは浜田川に船を乗り入れれば、城を直ぐ脇から仰ぎ見る形となり、その威容、威厳は十二分に示されることになる。

「……っ、なるほど！　さすがは殿。御炯眼《ごけいがん》でございます。その視点、我ら一同には考え至らぬものでありました」

さすが殿、と家臣達は口を揃えて感嘆を、そして殿への賛辞を発する。その声を受けて、古田重治は満足げに頷いた。

「皆、特に異論はないな。では新しき城地は浜田に決定する。それと城地となる鴨山という地名だが、鴨山とは石見に縁のある柿本人麻呂の終焉の地として知られており縁起が悪い。城郭は戦場において堅い守りの象徴。したがってこれを改名したい。それよりして領国の万年の安寧を言祝ぐためにも、亀山と改名したい。これより先、皆は力を合わせ、浜田城の縄張りと城下町づくりに取りかかって貰いたい」

ははっ、と家臣達は声を合わせて頭を下げた。

翌年、元和六年（一六二〇）二月より浜田城の築城が開始された。同年十一月に地普請が終了、元和九年（一六二三）五月には城普請及び城下街の整備が終わり、古田重治は浜田藩初代藩主として浜田城へ入城した。

この時、名実ともに浜田藩が誕生したのであった。

後に、完成した浜田城を船上から眺めたスペインの宣教師、ディエゴ・デ・Sは「なかなかに立派な城である」と感想を残している。浜田城の天守閣は三重櫓でありそれ自体は大きくはない。しかし天守閣は本丸の最も海寄りの位置に建てられており、海からの景観に配慮されている。

海岸に屹立する島のように見える緑の小山に、漆喰塗りで白く輝く壁と、赤褐色の石州瓦で彩られた天守閣が浮かぶ様子は、海上からでも目を引く光景であった。

さらに浜田湊は北前船の寄港地として大いに栄えた。天保年代に大坂で発行された『国々湊くらべ』は大相撲の番付表よろしく主要湊を順位付けしているが、島根県における最上位である東前頭八枚目に番付けされている。古田重治の城づくり、そして町づくりの確かさは、江戸期の繁栄をもって証明されたのだった。

近世城郭の歴史と浜田城

昨今の歴史、城郭ブームはまだまだ続き、テレビや雑誌で取り上げられた城は、登城者数が大幅に増加したりしています。

ただ、取り上げられるお城というのは概ね決まっているような気がします。松江城のように江戸時代以前に建てられた天守がそのまま残っている現存十二天守や、巨大な石垣が残っている熊本城、大規模な公園になっている大阪城や名古屋城、天空の城と呼ばれる竹田城や、桜の名所として親しまれている弘前城などです。

ここで名前が挙がってくる城は、いわゆる近世城郭と呼ばれ、安土桃山時代から江戸時代初期に建てられた城郭になります。近世城郭は平城や平山城と呼ばれるように、平地や盆地のような広い場所に城下町と一体となって整備されているので、現在でも街の中心部に近く、訪れる人も多くなります。

反対に中世に築かれた山城の数々は、防御重視のために高い山や連峰に築かれており、月山富田城のように公園として整備されているもの以外は、訪れることも難しくなっています。少し残念です。

さて、翻って浜田城はどうでしょうか？　江戸時代に築城された浜田城はもちろん近世城郭で、標高六七メートルの亀山という小高い丘を中心に築かれています。現在は天守もなく、残っているのは本丸、二ノ丸、三ノ丸の石垣のみ、といったところです。公園化されていますので、春には桜の名所として地元民が花を楽しむといったこともあるのですが……、どうにもパッとしません。

県内には他に、現存十二天守で国宝に指定された松江城や、山上に巨大な石垣が残る津和野城がありますので、これらと比べると見劣りしてしまいます。

浜田城は一応、続百名城の一つに数えられています。とは言え、江戸時代に築かれた近世城郭は一七〇あまりなので、百名城に続き続百名城で二〇〇城が選ばれているので、ほとんどの城が選定されることになりますが……。

ところで、江戸時代に築かれた近世城郭は一七〇あまりあるのですが現在まで天守が残っている城は、先に紹介した十二城のみと極少数です。「城なのだから、合戦があって落城したのだろう」と考えがちですが、ほとんどの近世城郭は合戦を経験していません。実際に戦闘を経験した近世城郭としては、大坂の陣の大坂城、戊辰戦争の会津若松城、西南戦争の熊本城といった程度です。明治維新という歴史の荒波を、合戦に遭遇することなく乗り越えてきた城郭は、明治六年（一八七三）に『廃城令』が出され城地は陸軍省の管轄になり、戦略上の要地の城はそのまま陸軍が管理することになりました。そして管理が不要と判断された城は大蔵省の管轄となり、櫓や門などの建物は移築されたり建材として再利用されたり、石垣を壊して学校や公園を造ることにしたようです。その際、天守閣は巨大すぎて移築も解体も大変ということで、非常に安価に売りに出されたようです。松江城の天守は一八〇円で売りに出されたそうです。米一俵が三円という時代ですから、あまり良い扱いはされていませんね。この時、「城を守りたい」と地元の有志らが声を上げて残った天守閣が、現存十二天守ということになります。

それでは浜田城はどうだったのでしょうか？

幕末の混乱期、浜田藩は第二次長州征伐の戦場となり、大きな被害を受けました。この時、浜田城は炎上してしまうのです。パッとしない浜田城にも歴史あり、です。

本書は浜田城にスポットを当てて、そこに関わり奮闘した人々の物語を紹介していきたいと考えています。

浜田県庁の門
元は津和野城の門であったが、明治３年（1870）の浜田県設置にともないその県庁舎として移設されたもの。

三ノ丸へ上る石段

浜田城から日本海を臨む

二ノ門跡　浜田城で枡形門になっているのはここのみ

第三章

浜田城縄張ノ事

滝山一学

仮御殿としている極楽寺の一室、一枚の巨大な絵図の周囲に男達が群がっていた。絵図は一枚の大板に描かれた地図。地図の中心には亀山、そこに築かれた浜田城の見取り図。そして周囲の地形が墨書され、そこに様々な図形が朱や白で追記されている。

「敵軍は街道を使うと考えますので、通常、この方面より城に肉迫すると考えられます」

古市久馬はいくつかの黒い碁石を手にし、絵図の一角に置いた。

「うむ、そうだな。定石どおり攻め寄せるのであれば街道を使うだろう。であれば、守備側は浜田川を堀として、ここと、さらに城内の櫓に見張りを立てておけば動きを察知できる。敵の動きを見て、こちらからこう兵を回すだろう」

滝山一学は中央にまとめて置かれていた白い碁石を手にして指し示した場所に一つずつ移動させていく。

「なればここから兵を分けて一隊はこちらから攻撃を仕掛けます」

黒い碁石の一部を割いて、図面上に動かしていく。

「うむ、そうなればこちらにも守りが必要だな。高所から鉄砲を放つ優位性を考慮しても、ここに高石垣を築いて動きを止めると共に兵を配置する郭が必要か」

滝山一学は筆を手にして図面に線を引く。その後ろに白い碁石を移動させてみる。

「なるほど、それでは手が出ませぬな。さすがは滝山殿。それでは矛先を変えて……」

お待ちくだされ、と古市久馬の手を止めさせたのは今村一正である。

「滝山殿、その場所は地盤が弱く高石垣を設置するには地盤を掘り下げ基礎から固めねばなりませぬ。また水気が多く、土を相当盛る必要もありますので、倒壊防止に手がかかります。その半分程度の高さであれば設置が容易であります」

「ふむ、しかし高石垣でなくばこちらからの進行を止めることができぬな。なればこう、鍵状に石垣を張り出させてだな……」

滝山一学は筆を執り、絵図に線を書き加える。

「さらに櫓をこのように配置すれば横槍が懸かり十字砲火で敵を足止めできよう。これではどうか」

「ははぁ、さすがは家中一の軍学者、滝山殿。直ぐに様々な案が浮かんでこられますな。これではこちらからの強攻はままなりませぬ」

「世辞は良いから他の攻め手を考えてみろ。既に地普請は始まっておるのだ。早急に我らが縄張り図を定めねば作業に遅れが出るというに」

「分かっておりますよ。それではこちらの兵は盾を持たせて前進、門前を圧迫させて郭内の兵の注意を引きつけまして……」

彼らは亀山周辺の地形を元に、新たな城の縄張りを検討しているのだった。攻め手を古市久馬、守り手を滝山一学とし、地形から想定される攻め手の行軍とそれに対する防御施設の配置を検討していく。その際、今村一正は和算家として、普請奉行として様々な意見を出して検討を進めていく。

動かしている碁石はそれぞれの兵を模している。寄せ手側の黒い碁石の数は、浜田藩側の白い碁石の十倍はある。古来、城を落とすには十倍の兵が必要とされているため、そのような設定として検討を行っているのだ。豊臣秀吉が定めた軍役では一万石で二五〇人。元和二年（一六一六）に徳川秀忠が定めた軍役では一万石で鉄砲二〇丁、騎馬一四という。古田家五万四千石であれば、兵一三五〇人、鉄砲一〇八丁という規模となる。当然、すべての兵が城内に篭もる訳ではないので、籠城方を兵八百、攻め手側を兵八千と想定して戦略を練っている。攻め手と守り手、何度か碁石を移動させて縄張りを検討すると、時間をおいてもう一度、さらに何度もこれを繰り返して議論を深め、郭の防備、虎口の形や大きさ、石垣の高さ、櫓の配置などを具体的に決めていく。

「お茶が入りましたよ。少しは休憩されてはいかがですか」

部屋に入ってきたのは寺の下働きの若者である。手にした盆には茶器を四つ並べている。いくつかの茶菓子も鉢に盛られていた。

「皆様、根を詰めるのもよろしいですが、身体も労ってくださりませ。そろそろ日も替わる時刻になりまする。皆様、昼間は作業現場で監督もしておられるのですから、倒れてしまわれては配下の方々も困ってしまいます」

「与助か、すまぬな。ありがたく頂戴しよう。皆、しばし休憩だ」

「いやいや休憩でなく、お休みになられてはいかがですか」

「そういうわけにもいかぬ。城普請を始めるには幕府に絵図面を提出せねばならぬ。それに、これが古田家百年の計に関わると思えば、殿より預けられた責任をひしひしと感じとるところよ」

「滝山殿の心配、それも仰るとおりではありますな。まさか福島正則殿ほどの大名でも城の修復を理由に転封、それも大幅な減封とは。幕府にはどのような隙もないほど、十二分な普請計画を提出し早めに許可を得なければならないでしょう」

そう言って古市久馬は乾いた喉に茶を流し込む。すぐさま、茶菓子の一つを手に取って口中に放りこんだ。

古市久馬が言った福島正則の転封とは次のような話だ。

関ヶ原の合戦で大功を立てた福島正則は安芸、備後二箇国を治める四九万八千石の大大名となった。しかし大坂の合戦が終わった後の元和五年（一六一九）六月、洪水で損壊した広島城を無断改修したという武家諸法度違反により、大幅減封の上、信濃国川中島藩四万五千石に転封された。なお、福島正則の後に広島藩に入ったのは元紀州藩主、浅野幸長である。徳川頼宣の紀州藩転封の余波を受けた浅野家は、再び古田家と領土を接するように紀伊国から中国地方へと同時に移転してきたのだった。

「とはいえ、既に相当に計画は練られておられるようでございますが」

与助が見るところ、部屋の中央に広げている絵図面には幾つも書き直した跡がある。絵図面を紙でなく板に描いている理由は、一度墨で描いた図や線も小刀で削れば消すことができるからだ。だから板の表面は既に凸凹で、何度も描き直した箇所はそろそろ擦り切れそうになっている。

「滝山殿は家中一の軍学者と聞き及んでおります。さらに今村様、古市様、松井様が何度も検討を繰り返した計画なのですから、どのような大軍が攻め寄せても絶対に落ちない城ができあがるでしょう。自分にはたいしたお手伝いもできませぬが、新しく完成した浜田城を見上げることを、楽しみにしております」

「いや、与助。この世に絶対に落ちない城などと……」

滝山一学は茶菓子を持つ手と言葉とを途中で止めた。茶菓子は粒あんを包んだ饅頭である。古市久馬は既に二つ目を口にしている。

「どうなさいましたか。何か、私が出過ぎたことなど申しましたでしょうか」

与助は心配そうに滝山一学の顔を覗き込んだ。

「いいや……、なんでもない」

そう応えた滝山一学の様子に、今村一正は不穏な気配を感じた。

「滝山殿。何か思いつかれましたか？　もし縄張りに関することであればどんな些細なことでも仰ってください」

「ああ、いや。これは今さら言っても詮無きことではあるがな」

言いつつも、滝山一学は言い淀む。暫く無言のまま目を伏せて、それからおもむろに顔を上げた。

「古市殿、お主は浜田城の攻防を考える際、浜田城に攻め寄せる、その敵は何を想定しておったか」

「敵の想定、でございますか」

古市久馬は当然の事として答える。

「やはり、長州藩は毛利家を敵として想定いたしておりました。長州藩の表高は三十七万石、実高は五十万石を超えていると言われております。我が浜田藩五万四千石の丁度十倍でございます。ですので、浜田城の攻防を考えるに、十倍の兵力とはまさに長州藩を想定していると考えておりました」

そうですな、と松田武太夫が同意する。

「私も同様です。毛利家は関ヶ原の合戦での遺恨があり現在の幕府に盲従していない、機会あれば幕府の転覆を目論んでいる、との噂は常にありまする。もし浜田城が最前線として戦うことがあれば、長州藩は毛利家が最も可能性が高い、と思うておりましたが」

うむ、と滝山一学も頷く。

「うむ。わしもそう考えておった。しかし、毛利家がここ浜田城を攻め寄せるというのはどういう状況か。さきの与助の言葉で気が付いた。どのような大軍が来ても、と。

毛利家が浜田城を攻め寄せるとなれば、その目的は何か」

「毛利家の目的、ですか。それはやはり幕府に反抗する、ということが想定されますが」

「そうだな。先に攻めてきた毛利軍が浜田城を包囲し、それに耐えているあいだに他藩が救援に駆けつける。そういう想定だ。だが、他藩からの救援を、毛利家が想定していないはずがなかろう」

「ああ、そうですな」

「であれば、幕府に対して攻勢に出た毛利家が、我が浜田藩の十倍程度の戦力で出陣してくるものか」

「……それは、確かに。幕府に抗するなら、浜田藩のみでなく周囲の他藩、幕府に追従する多くの藩を敵に回すことになりますな。そうなれば……」

「そう、今の世の中は領土を取り合う戦国の時代にあらず。一つの城を攻め落として領土を増やすために戦を起こす、ということはありえない。毛利家に限らず、浜田城に攻め寄せる敵に限らず、戦を起こす者は徳川家の治政そのものに抗する者として挙兵する。徳川家に追従する数多くの藩を敵に回す事を想定して攻め寄せてくるはずだ。で、あれば、どれだけの兵を準備して浜田城へと押し寄せるのか、想像できるか」

「……」

「そしてそれだけの動き、幕府側も事前に察知して兵を寄越すだろう。先に幕府側の兵が浜田藩に入れば、それを収容する城域は浜田城にはない。となると、大軍同士がぶつかり合う野戦も想定される」

「……それは、しかし。そこまでの場合を考えておれば、城の縄張りなど決めることはできぬのではありませぬか」

「確かに、古市殿の言うとおりでありましょう。先の朝鮮の戦においても幾つもの城普請を行ってきましたが、それは具体的に敵の規模、進路、そして彼我の戦略目標が明確であったからでございます」

松田武太夫は豊臣秀吉が発した朝鮮遠征において古田重勝に付き従って各地を転戦した経歴がある。

「滝山殿は確かに優秀な軍学者でありましょう。ですが、将来起こる戦の規模や目的をここであれこれ検討しても無意味だと、そう言われるのですか」

「無意味とは言っておらん。可能性としては先遣隊のみが浜田城へ詰め寄せる場合も考えられるのだから。だが、可能性としては大規模な野戦も……そうだな、その場合は周布が決戦の地となるだろう」

古市久馬と松田武太夫は滝山一学の説明に満足できない。明らかな不満顔を見せるが、普請奉行筆頭に指名されている滝山一学にあからさまには反対できない、といった体だ。

その中で、今村一正だけは黙ったままだ。何事か思案している。その様子に滝山一学が気づく。

「今村殿。お主は黙ったままだが、異存はないのか」

「はい……、異存と申しますか……」

今村一正は何かに迷っているように言葉を濁す。そうして暫く口を開かずに思案し、何事かに決心したかのように、ようやく口を開いた。

「皆様すみませぬ。実は最前より言うか言わぬか悩んでおりました。これはあまりにも前提条件を崩す話となりますので、黙っていようと思いましたが、やはり一言確認しておくべきだと思い直しました」

それは何だ、と滝山一学が先を促す。

「はい。それは大筒のことでございます」

「大筒、とな」

居合わせた四人が怪訝な表情に替わる。

「はい、大筒でございます。皆様はかの大坂冬の陣のことを覚えておいででしょう。徳川家康殿が大坂城天守に向けて大筒を放ったことを」

それは大坂冬の陣における出来事である。大坂城を完全包囲した徳川軍は力押しによる総攻撃が真田丸の攻防など各所で失敗に終わったことから、長期戦を想定した神経戦へと移行した。神経戦の対象は、豊臣家の中枢で力を持っていた淀君である。実戦経験の乏しい淀君に対して、家康は連日連夜大筒を大坂城天守に向けて放ち続けた。当時の鉄砲の有効射程距離は百メートルというなか、家康が南蛮人から購入した大筒は五百メートルもの飛距離をほこった。また口径が小さく破壊力は小さいものの、当時の軍船にも積まれていたセーカー砲は千六百メートルもの飛距離があったという。これらを大坂城天守に向けて放ち続け、恐れをなした淀君は徳川家康との和睦に応じた。その後、二の丸、三の丸を埋め立てる約定違反があり、続いて翌年、大坂夏の陣が起こり、豊臣家が滅亡したのは誰もが承知のとおりである。

なお、大坂城で徳川家康が放った大筒の大音響は、京の都まで鳴り響いたと言われる。

「大坂城は太閤殿（豊臣秀吉）が建てられた広大無辺な大城郭でございました。しかし、その総構えの外から徳川家康殿は大筒を撃ち放ち、天守閣の一部を破壊したのです。となれば、城外からの大筒による攻撃を防ぐためには、大坂城以上に大規模な総構えが必要となりまする」

それは……、と一度は何かを言いかけた滝山一学は言葉を止めた。

「そう。それは浜田藩五万四千石の力量としては不可能な防備であります。さらに言えば、火縄銃が種子島に伝わったのは天文十二年、たかだか七十五年しか経っておりませぬ。先ほど、滝山殿が古田家百年の計と仰っておられましたが、それは鉄砲の、戦場での兵器や戦術の変化よりも長い年月と思われます。今後、どのような新兵器が現れるやも知れず、それを考えると、ここでの検討にどれほどの意味があるのか……。私も疑問に思うのです」

「つまり、大筒の射程距離はまだまだ伸びる、というのか」

「大筒のみではなく鉄砲も、と考えます」

う～む、と居並んだ者達は腕を組んで唸る。ただ一人、滝山一学だけが苦虫を噛み潰したように渋い表情をしていた。

「そうなりますと、今の浜田城で防ぐことができる敵兵とは、どのような敵となりましょうか」

「大前提としては大筒を所持していない、ということになるだろう。我が藩では所有しておらぬが、十万石を超えるような大名では一門、二門は導入しているという話だ。当然、徳川家ほど大量の大筒を備えておる大名家は他におらぬが」

「だが、徳川家に弓引く者であれば同程度、少なくとも十門以上の大筒を所持しているはずだ、と。それが浜田城に向けられるということだな」

「はい。私はそう考えます」

言葉が途切れ、夜の静けさが室内を満たした。与助は皆の困惑が分からず、茶碗を手元でもてあそぶ。与助はただの寺の下働きに過ぎない。浜田藩中枢の偉い家臣達が悩んでいることは分かるが、具体的な内容までは理解できない。

「それで、結局、今の浜田城が防ぐことができる敵、とはどのような敵なのですか？」

彼らの沈黙に耐えかねて言った与助の言葉は、やはりしばしの沈黙で返った。

「……つまり、十万石程度の大名家は徳川家に抗することはできぬ。大量の大筒を備えるためには実質百万石以上の経済力を持つものしか反抗はしないだろう」

「もしくは、全く逆の立場の者ですな」

「逆とは？」

「経済力を持たない者が、やむにやまれず起こす戦。すなわち土一揆」

「ああ……、それなら確かに防げよう。鉄砲さえ碌に使えない者達なのだからな」

その戦闘の様子は想像する必要もないほど明確だった。竹槍や鎌、鋤などを手にした農民達が城下に押し寄せる。彼らの武器では総構えの一番外側の壁さえ突破できまい。そのうち、城内からの鉄砲によって一方的に掃討されていく。その光景は、武人としての誇りも意義もなく、淡々と寄せてくる領民の命を奪う。それはつまり、浜田藩の民衆を守るための城ではなく、押さえつけ、服従させるための象徴……。

皆、言葉もない中、その想像は膨らみ、その反面、気力が萎《しぼ》んでいった。

「そうだな。与助の言うとおり我らは既に疲れておる。図面は既に九割方完成しておるのだから、今日はここまでとしよう。それで明日、もう一度時間を取って検討することとしよう」

滝山一学の言葉に皆頷いて、本日の検討会は解散することとなった。最後に、残っていた茶菓子を二つ、古市久馬が手に取って部屋を出て行った。

翌早朝、滝山一学は中庭の片隅を掃く与助を見つけて声をかけた。

「与助、毎朝ご苦労なことだ」

はい、と与助も箒を持つ手を止めて応える。

「昨夜はありがたかった。旨い茶菓子と一息つくお茶と。おかげで私もあれこれと考えさせられた」

「お礼などとんでもない、です。自分にはその程度のことしかできませんから」

「その心遣いが嬉しいのだよ」

滝山一学は笑いながら与助の傍らに立つ。

「昨夜の話を聞いていた与助殿には一つ、聞いておいて貰いたいことがある。ただし、これからする話、決して口外するでないぞ」

「……はっ、はい」

息を飲む与助を真摯な眼差しで睨んでから、滝山一学は口を開いた。

「実際のところ、城の縄張りなどどうでもよい。いやどうでもよいとは言わぬが、その目的は外からの敵を防ぐことではない」

「敵を防がない？」

「そうだ。今や城は領内を治めるための象徴だ。武士の象徴とは戦場に立つ雄々しさと、領民にとっては自分たちを守って貰えるということへの信頼。それゆえの荘厳たる城を領民に、他国の商人に、全国の大名に、そして幕府に示すことができればそれで良い。実戦に役立つかどうかは二の次だ」

「そ、そうなのですか」

首を傾げる与助に、滝山一学は笑う。薄く乾いた笑みだ。

「今や城はただの象徴にすぎぬ。本当の戦には耐えられぬよ。それはあの幕命が関係している……」

滝山一学は言葉を続けた。それはあくまでも滝山一学個人の考えであり、軍術に優れた彼の言葉は、与助にとってはその半分も理解できなかった。ただ、滝山一学が浜田城の将来の姿を憂いている。それだけは理解できた。

「しかし、そんな大事を、何故私などに」

「……何故なのだろうか」

滝山一学は与助を前に、しばし黙考する。

「そうだな。今の話を古田家の家臣にすれば愚痴になる。幕臣にすれば反逆者だ。それゆえ、軍師として不適当な発言だと言い立てる者もおるだろう。だが、お主は違う」

「はい」

例え与助が滝山一学から聞いた言葉を誰かに伝えたとしても、内容が内容だけに、一笑に付されて終わりだろう。

「私は自分の本当の意見を誰かに伝えておきたかったのだろう。藩主の居城は戦うための城にはなり得ない、ということを」

「居城は戦うための城ではない、のですか？　ではそれは……」

「ああ……」

滝山一学は手のひらをヒラヒラと振って会話を止めさせた。

「これ以上話を続ければ幕府への批判となろう。それはお主にも害悪だ。すまなかった、今の言葉は忘れてくれ」

滝山一学は改めて昨夜の礼を言って、背を向けた。与助は箒を握った手を止めてその背が小さくなっていくのを見送った。

肩を落としたその背は、遠い未来の不幸な出来事を暗示しているようにも見えるのだった。

浜田城の縄張り

浜田城は、標高六七メートルの丘陵上に築かれた平山城です。石高五万四千石の古田家の城ですから、それ程規模の大きな城ではありません。肥後五二万石の加藤清正が築城した熊本城や、隠岐出雲二四万石で入部した堀尾家の松江城とは規模が違います。

それでも城としての機能、すなわち防御陣地としての役割は十分あるようです。北側は松原湾から日本海が、西から南へは浜田川が流れて堀の役割を果たし、東側は内堀、外堀を備えて防御にも重きを置いた造りでした。浜田城下、浜田川の北側には武家屋敷が広がり、松原湾には北前船が入港する港が整えられ、浜田川の南側には城下町が整備されました。浜田川の北岸と南岸の間には一箇所だけ橋が架けられ、これが門の役割も担っていたようです。橋の位置は紺屋町、新町のあたりになり、武家屋敷に繋がる地区として商業地として栄えた地区にあたります。城下町を大きく囲うように柵などの防御施設もあったと考えられますが、その概要は不明です。浜田平野は周囲が山がちで街道は限られているので、そのあたりに簡易な門を設置してしまえば十分だったのかもしれません。

浜田城の本丸には天守が設けられましたがその規模は小さく、三重櫓と呼ばれるものでした。その天守は本丸の北西に設けられており、天守から眺める海の光景、日本海を航行する船からの見栄えを重視しているようにも思えます。今でも本丸へ登ると見ることができる北側に雄大に広がる日本海の光景はなかなかの絶景です。これで天守が残っているか展望台でもあれば、もっと眺望が……と思わずにいられません。

中腹には二丸、三丸、焔硝《えんしょう》蔵と続き、立派な石垣が残っています。ただ、城地が狭かったため郭のサイズは大きくなく、南方に突き出た夕日ノ丸や城下にも城地を確保していたようです。これらの区画は、現在は護国神社が建てられたり、国道敷設により大きく形が変わっており、往事の姿を想像することができません。また、中ノ門の石垣は残っているのですが、大手門跡や裏門跡と共に宅地化が進んでしまい、その見栄えはよろしくありません。浜田は土地が少ないので仕方ない事ではありますが。中ノ門は登城するためには必ず潜る必要がある重要な門であり、櫓門となっており緊急時には家老の詰め所になっていたそうです。

　また、浜田川が流れる城の西側には船屋や庭園や茶屋が設けられていたようです。北前船で栄えた浜田藩の城らしい造りですね。現在は浜田城資料館があり、浜田城や浜田藩、近代の浜田の歴史などを紹介する施設となっています。資料館の建物は旧浜田藩主の松平家が明治四十年に建築された御便殿です。大型の近代和風建築物で大正天皇が皇太子時代に山陰を行啓された際、宿泊施設として利用、その後は松平家の別荘、公会堂、宗教法人施設として活用された後、平成十八年（二〇〇六）五月に市に寄贈され、平成三十一年／令和元年（二〇一九）から資料館として利用されています。浜田城に登城した際には是非訪問してください。

現在は浜田城資料館として活用されている御便殿

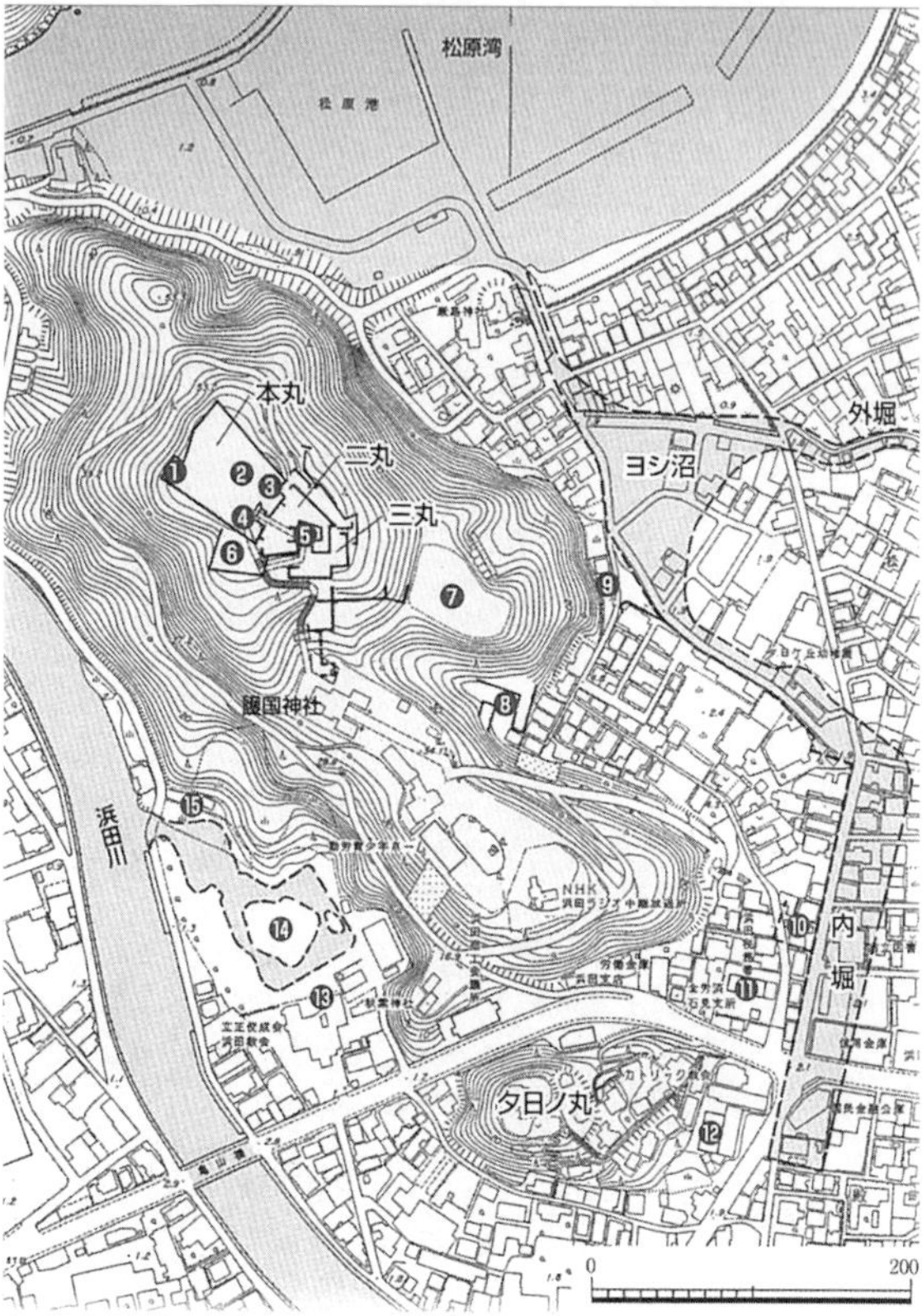

①三重櫓　②玉蔵　③六間長屋　④本丸一ノ門
⑤二ノ門　⑥出丸　⑦焔硝蔵　⑧中ノ門
⑨裏門　⑩大手門　⑪御殿　⑫南御殿
⑬茶屋　⑭庭園　⑮船蔵

浜田城全体図
(パンフレット『浜田城とその城下』浜田市教育委員会より)

第四章

竹島事件

会津屋八右衛門

船は滑るように海原を奔る。白帆は目一杯風を受け、大きく膨らんでいた。陽光を受けて海面は輝き、岩場に跳ねる白波の泡は雪原の如く海面に広がる。

「この調子なら、昼過ぎには浜田湊へ着けそうだな」

風の様子を確認して男は呟いた。海男らしく浅黒く日焼けした肌に、立派な体躯を持つ。不意に風向きが変わり、男は船員達と共に帆に繋がる綱を引いて角度を変えた。

「うむ、悪くない」

その男、会津屋《あいづや》八右衛門《はちえもん》は、船員達の働きぶりを見ながら満足げに頷いた。船はいわゆる北前船だ。荒れる日本海の波を物ともせずに東奔西走し、各地の産物を購入しては売り歩く。今も北陸で積み入れた荷を満載にしている。その重い荷のために船脚は鈍いが、それを考慮しても今回の交易は順調である。

「皆の者、今日中には浜田湊へ着くであろう。湊へ着けば、しばらくの休息を与える。給与も弾めるだろう。楽しみにしておれよ」

会津屋八右衛門の言葉に、船員は、わっと歓声を上げた。船を操る腕にも力が入る。そうやって、順調に航海は続く。右手に蒼い大海原を、左手に緑の木々に覆われた山々を眺めつつ、船は奔る。

やがて、緑に覆われた小山の上に、一つの輝きを見とめた。海の碧に空の蒼。その狭間にあるのは灰褐色の石垣に覆われた亀山の姿。所々には、整えられた庭木の緑が彩る。そしてその山頂には漆喰の色、白亜と石州瓦の赤褐色に象《かたど》られた小さな建物。いや、小さく見えるのはまだ距離が遠く離れているからだ。その光景が眼と記憶に鮮やかな色彩を残す。浜田城の荘厳な天守。

「ようやく帰ってきたか」

会津屋八右衛門は感慨げに呟く。

「我らの行き先を示す、まるで灯火の如き輝きよ」

ほころんだ頬に、海風に揉まれた皺が深く刻まれた。

日和山山上に旗が振られていた。入湊可能の合図だ。そこで瀬戸ヶ島には寄らず、真っ直ぐに松浦湾へと舳先を向けた。

いわゆる浜田湊は、大きく三つの湊に分けられる。一つ目は、瀬戸ヶ島である。ここは陸塊に近しい島に挟まれた湊である。荷揚げ湊ではなく、風待ち、強風を避けることを目的にした一時避難のための湊である。

船は日和山と遠見堂の間の狭い海峡を抜ける。途端に風は緩く、波も柔らかくなる。そして前方に見えるのが二つ目の湊である松浦湾だ。ここまで入れば、東西の山塊が季節風を阻むため、どれほどの強風が吹こうが湾内の船は安全であると言われるほどの良港である。

そこからさらに東に向かって奥に進むと三つ目の湊、外ノ浦と呼ばれる湊がある。ここには津和野藩の蔵屋敷が置かれるなど、狭隘《きょうあい》であるが廻船《かいせん》の泊地として賑わっている。

会津屋八右衛門の乗った船は、真っ直ぐに松浦湾へと向かう。松浦湾は浜田藩によって指定された貿易湊であるが、その規模は小さい。海岸は三〇〇メートル足らずしかなく、その海岸にひしめくように商家が立ち並ぶ。その家々も石州瓦が葺かれており、赤褐色の甍の光景で埋め尽くされている。これは浜田湊独特の光景である。

船は岸壁へと向かう。板塀で砂浜を仕切って、かろうじて接岸できるほどの岸壁だ。会津屋の船は三〇〇石と小さく喫水《きっすい》が浅いため接岸できるが、もっと規模が大きい千石船などは沖に待機して、小舟で荷渡しをする必要があるほどだ。それでも多くの廻船が湊に並び、人足たちが荷揚げ荷下ろしに汗を流している。石見国の特産物といえば、何をおいても鉄である。中国山地で行われている踏鞴《たたら》製鉄で産出された鋼、銑鉄《せんてつ》は全国に運ばれている。それに続くのは石州瓦や石見焼きといった窯業、他には干鰯《ほしか》や木の実（油を採るための桐の実）などがある。これらの産物が俵に詰められており、力自慢の男達が船内に向けて運び込んでいる。

入湊の許された会津屋八右衛門は船を操り、指定された岸壁に船を寄せた。久方ぶりの堅い大地の感触を噛み締めている間もなく、湊の役人が駆け寄ってくる。

「会津屋様、久しぶりの帰湊でありますな。航海が順調なこと、我らも喜んでおるところだ。さて、今回の積荷は何であろうか」

会津屋八右衛門は役人の尊大な言葉を流すように、形式的な応対をする。

「この度は北陸から出雲までの荷を運んできました。いつもどおり、八割方は米であります」

浜田湊に限らず、石見国に荷揚げされる商品の多くは米だ。浜田藩の石高は五万四千石であるが、浜田湊においては毎年二万石の米の荷揚げがあったという。一石は大人が一年間に食べる米の量とも言われているため、浜田藩には実質七万人以上の生産人口があった計算になる。そのため、米価の変動は、石見国の領民にとって悩みの種でもあった。

「それに北海の猟虎《らっこ》の皮や昆布、伯州綿や出雲の茶なども仕入れてきました。殿のお眼鏡に適《かな》う品があれば幸いと思いまする」

「うむ、そうだな」

会津屋八右衛門が積み荷の目録を渡すと、役人は大仰に頷いてそれを受け取った。

彼らはその目録を元に、藩主に献上すべきもの、藩として優先的に購入すべきもの、役得として自身が先に買い入れるもの。それらを算段しつつ、流し見る。その姿を冷ややかに眺めながら空虚な言葉を続ける。

「湊を管轄される方々には、いつもお世話になっております。方々の御協力に感謝いたしまして、ささやかながらも贈り物を用意しておりますれば」

「ほう、そうか。それは殊勝なことであるな」

役人達の欲深い笑みを眺めつつ、会津屋八右衛門は振り返った。

「今回運んだ荷は、この目録分を残して全て浜田湊に降ろせ」

言ったのは、会津屋の主計に任じている太一にである。常に八右衛門の側に控えている太一に封書を渡すと、その目録に視線を走らせて驚いたように顔を上げた。その視線は目の前の人物を訝しげに見上げている。

「この目録のもの以外、全て、でございますか」

太一の視線を平然と受け止めて、会津屋八右衛門はにやりと笑う。

「そうだ。売り急ぐ必要はない。米は蔵に入らない分だけを売りさばけ。今後値が上がるはずだ。目先の利益に惑わされず、長期的な利益と顧客への信頼を得るようにせよ。幾らかは蔵に押し込んで寝かしておいても良かろう」

はい、承りました、と言って太一は封書を開き、もう一度目録へと視線を落とす。

先に、役人に手渡した目録とは明らかに異なっている。

「こちらの荷はどういたしますか？」

「太一、お主にだけは以前話しておろう。例の計画に用いるものだ。よって、船内に残しておいてくれればよい」

手元の目録には、遠国から仕入れた品が記されている。太一は唾を飲み込んだ。彼が旦那様と呼ぶその人物の本当の恐ろしさを、今初めて知った気になった。

「ところで、旦那様はこれからどちらに行かれるので？」

「そうだな」

言って会津屋八右衛門は空を見上げる。いや、空の手前には白く輝く天守があった。

「私はこれから登城し、ある御方に挨拶に伺うつもりだ」

城内にですか、と怪訝そうな表情で太一は見上げる。根が素直なところは褒めるべきだが、商人としては感情が表情に出過ぎる。

「これからの大きな仕事。それを実行に移すために必要な事だ。まあ、あらかた話は通っておるのだから問題はない。安心して仕事を続けておれ」

八右衛門は小さく笑い、太一の頭を軽く叩いた。

「よいーせっ、よいーせっ」

緩く弧を描く砂浜に、人々の掛け声が響いている。男が一人、太鼓を鳴らしている。拍子をとるように、皆を励ますように。その声と太鼓は波の音にも負けないほどに。

「よいーせっ、よーいせっ」

人々は二列に、海岸から山手に向けて真っ直ぐに並んでいた。皆、海原を睨みつけるように力を込める。海上には二艘の船が、棒を海中に入れて何かを操っている。

「よーいせっ、よーいや」

人々はそこに並んでいるのではなく、おのおのが綱を握り、力いっぱいに引っ張っていた。それが二本、海の中へと続いている。その綱の先には大きな網に繋がっている。太鼓の拍子に合わせて力を込めて、少しずつ網を引き揚げる。

つまり、これは地引き網漁だ。

「あと少しだ！　気合い入れて引張れ！」

「よーいや、よーいやっ！」

音頭取りの男が太鼓を打ち鳴らして励ますと、皆が一層強く綱を引く。網はもう海岸に極近い。汀の先に、うっすらと形が見える。そして網に囲まれた小さな海の中を、泳ぎぶつかる魚の群れが飛沫を上げている。

「一気に引き揚げろ！　大漁だぞ」

おおっ、と歓声が上がり、綱はそれまでとは比べものにならないくらいの速さで引かれた。ざばざばと水が網目から漏れていき、その後に網に囲まれた小魚の山が残った。

「おっしゃあ、皆の者喜べ、大漁だぞ」

再び、おおっ、という歓声があがり、綱を引いていた男達は一様にその場にへたり込んだ。皆、声だけは元気だが身体は、特に腕と腰が痛くて立ち上がる気力が残されていなかった。その中で船から降りた漁師が、売り物になりそうな魚を選び始めている。

音頭取りの男は喜びに太鼓を打ち鳴らしながら、皆の労を労う。太鼓の音を聞きつけて女達が浜辺へと駆け寄ってきた。それぞれが水筒や風呂敷包みを手に提げている。

「よし、皆の者、よくやってくれた。しばらく休憩していてくれ。疲れが取れたらもう一仕事あるからな。しっかり働けよ」

浜辺に転がった男達は、いつもと同じ男の言葉よりも、いつもと同じ女達が広げた茶や草団子へと群がった。皆、ガヤガヤと集まり楽しそうに一時の休息を楽しんだ。

遠くからその様子を見守っていた男が二人、浜辺での歓談が落ち着いたところで近づいて行く。壮年の男と若く背の低い男。二人ともこざっぱりとした衣服で、浜で地引き網を引いていた男達とは身形から異なっていた。そんな二人の姿を認めて、一人の男が立ち上がって出迎えた。その男も最前まで綱を引き、顔は紅潮して汗だくで、その両掌は腫れたように赤い。その姿を見て、壮年の男は笑って手を上げる。

「おう、精が出るな。六助。今回の収穫は良さそうだな」

「会津屋さま、久しぶりの帰湊ですね。その様子だと航海は順調そうで」

二人の身形は大きく異なるが、旧知の仲のように互いに挨拶を交わした。

「しかし、地引き網は順調だとして、本業の方はどうなっている。この様子だと……」

会津屋八右衛門は、六助の掌を見て眉を顰《ひそ》めた。常には厚い掌の皮が、剥けたように赤い。それは今日と同じような仕事を、何度も続けているようだ。

「会津屋さまに隠しても仕方がないことですがね……。そうですね、本業はなかなか厳しい状況ですね」

六助の本職は、船大工である。船の建造や修理が彼本来の仕事である。

「良い材が手に入らなくなって久しいですから。それに物価も高く、船主の景気もこう悪くては、修理の依頼さえありませんから……。打つ手はありませんよ」

会津屋八右衛門がここに来るまで見るにつけて、浜に泊められた地船は傷みの酷いものが多かった。主に扱う荷が砂鉄や銑鉄、石州瓦といった船底が傷むものであることを前提にしても、それでも傷み具合は酷い。つまり船大工としての仕事はある筈だが、それを依頼できるだけの儲けが船主に出ていない、ということだ。

「豪農の佐々木様のおかげで、こうして地引き網を引かせて貰ってますがね。給金があるのは有り難いですが、これぱっかりではカツカツの生活しか送れませんよ」

六助は苦く笑う。地引き網という漁法は、実は漁師の漁法ではない。この時代の漁師は釣りか素潜りを主に行っている。小人数で行う漁法だ。これに対して、地引き網は多くの人手と資金が必要になる漁法だ。船を出して沖に網を仕掛け、丘には大勢の人手を集めて網を引く。網を引くことに漁師のような特殊な技能や経験は必要がないのだから、臨時で手が空いた者を集めて引かせれば良い。だから地引き網とは、地域の豪農や商人などの資金を持つ者が人を集めて実施する、一種の事業である。だから網を引くのは、近隣の百姓や職人らが仕事の少ない端境期に集まるのが常だった。

つまり、網を引く彼らは本業が順調で十分な生活ができるのであれば、地引き網を引く必要はないのだ。本業が順調でなく生活が厳しいからこそ、ここに集まっている。地元の商人、豪農などは、地域の人々の生活が困窮していると地引き網を開催する。

それによって地域の人々の生活を守る、という意味合いもあるのだ。そして最近、ここ長浜では月に二回という高頻度で地引き網が行われていた。それは、長浜の民の困窮具合を示していた。

そういった事を説明して、六助は溜息をつく。

「それで、会津屋さまは干鰯の買い付けですか。この時期なら三日もあれば水分も抜けますから。佐々木様に話を通しましょうか」

干鰯とは文字通り、干した鰯のことだ。しかしこれは、食べ物として流通するものではない。この当時、地引き網で一網打尽に引き揚げた魚の全てを食用に回せるだけの流通、保存技術はない。希に網にかかる万作《まんさく》や石鯛などは漁師が選別し新鮮なうちに城下町へと送られて食される事となるが、漁獲のほとんどを占めるのは腐りやすい鰯である。そこで、地引き網で獲れた鰯は砂浜に広げられて砂をまぶして乾燥させる。これを干鰯と呼ぶが、これは畑の肥料、いわゆる魚肥になるのだ。干鰯は長浜から荷車で内陸へ、船で他国へと運ばれる輸出産品になるのだった。

「いや、今回はそれには及ばぬ」

　会津屋八右衛門は首を横に振った。

「今日は地引き網を見に来た訳でも、干鰯の商いに訪れた訳でもない。今日は、六助殿に用があって寄らせて貰ったのだよ」

「俺に用っていうと……。もしかして」

　六助は以前、会津屋八右衛門から提案された話を思い出す。

「そうだ。浜田藩家老の岡田頼母《たのぼ》殿の了解を得られた。必要な資金も出していただけるそうだ。なので早急に、例の計画について実行に移したい」

　六助の顔は、日焼けにも負けず紅潮していた。

「会津屋さま、会津屋さま。ありがとうございます。まさか本当に、あんな夢みたいな話が実現するとは考えていませんでした」

　六助は八右衛門の両手を握り、ぶんぶんと振り回す。

「おいおい、喜んでくれるのはいいが、夢だとか人選がまだだとか言うのではあるまいな」

「もちろん、人選は済ませております。皆、会津屋さまの提案に感激し、身を粉にして働くと共に、決して話を漏らすような事もありません」

六助の宣言に、会津屋八右衛門は満足そうに頷く。

「うむ。良い返答だ。ならば……、出航は天候次第ではあるが決行は十日後を予定している。それまでに、そちらの準備は整うか」

「はい。それはもちろんです。皆、首を長くして待っておりましたゆえ」

六助は八右衛門の両手を握ったままだ。その八右衛門の袖を、脇に控えていた太一が引く。

「そろそろ休憩も終わりそうですよ。細かい打ち合わせは後日として、今はこのくらいにしては如何ですか」

太一に指摘されると、地引き網の人々が遠目に会津屋八右衛門達を眺めていた。会津屋八右衛門は何度も干鰯の商いに訪れていたから、そこにいる事は不思議ではないが、六助の様子は奇妙に映っただろう。

「そうだな」

言って会津屋八右衛門は苦笑する。

「六助も、そろそろ次の仕事が始まるだろう。この件は極秘だ。他の者にも、しっかり伝えておいて欲しい」

分かりました、と六助は笑顔で応えて、地引き網仲間の元へ戻っていった。仲間達のあいだで、一悶着あったようだが、主催の佐々木が太鼓を鳴らして作業を促すと、皆、黙々と作業へと戻った。つまり、引き揚げた鰯を砂浜に広げて干す作業だ。

「働けば食うに困らぬ。そういう時代であれば良かったのだが……」

会津屋八右衛門の呟きは、打ち寄せる波音に消えた。

天保元年（一八三〇）、江戸幕府の治政としては二百年を越え、種々の歪みが顕在化してきた時期である。戦のない平穏な時代が続き各地での生産活動や北前船のような全国規模の流通が活発になる中、石高制という米を主体とした藩経営と幕府の貨幣統制の混乱により各大名の藩財政は困窮し、領民の間では貧富の差が拡大しはじめていた。天保の大飢饉は天保四年（一八三三）の大雨、洪水、冷害に起因するものであったが、そもそも米作に偏った藩財政の歪みとより多くの利益を求める商人達の行動によって、冷害を受けた農村のみでなく都市住民にまでも、貧困者を中心に大きな被害を受けることとなる。

その年の初秋、長浜の湊からいくつかの地船が沖に向けて出立した。その船には荷が積まれておらず、常とは異なる人員が乗っていたことに気付いた者は少ない。船はおのおの沖へと進み、やがて水平線の先に消えていった。

地船とは主に積載量が二〇〇石以下の船のことで、大坂を中心とした上方の廻船に対して、地方の浦々を回り交易する船のことである。近距離の湊を行き来するための船であり、平底で喫水《きっすい》の浅い船であるから沖合を航行するための耐波性は低い。それ故に、地船の航海は海岸線を沿うように、近距離を移動するのが常である。

しかしこの時、いくつかの地船は揃って沖合に乗り出していったのだ。

隠岐の島、西沖。島前の島々が見えない地点に、一隻の船が停泊していた。積載量は三〇〇石。いわゆる北前船と呼ばれる、日本海の荒波を越えて他国と交易するための中型船だ。会津屋八右衛門は遠眼鏡を手に、船上から石見国は長浜湊を眺める。とはいえ、既に海岸から十二分に離れているため湊はおろか、中国山地の山影さえ水平線の先だ。その水平線を越えて点々と小さな船が、地船が近づきつつあった。会津屋八右衛門の船には赤旗が掲げられている。地船達は、その旗を目指して集ってくるのであった。

やがて八艘の地船が会津屋八右衛門の船の左舷に集まり、その中の一艘から男が乗り移ってきた。

「会津屋さま、お待たせしました。これが今回、協力して頂ける方々です」

「うむ。苦労をかけさせるな。では、このまま出発しよう。挨拶は目的地に着いてからでよかろう」

はい、と応えたのは六助で、北前船の船員も直ちに出発の準備に取りかかった。帆を広げて碇を引き揚げる。帆が風を受けると、ギリと船体が歪み、少しずつ速度を増した。

「地船とは付かず離れず進め。速度はあちらに合わせる。落伍を出さぬよう、気をつけろ。周囲の警戒を厳にし、何かあれば直ぐに知らせよ」

おう、と威勢のいい返事が波音に負けないよう響いた。八右衛門は方位磁石を手にして進路を確認すると、大小九艘の船は北西へと舳先を向けた。

「いよいよ、この時が来たのだな」

会津屋八右衛門は感慨深そうに呟いた。

「目的地は竹島だ。この航海、必ずや成功させるぞ」

その決意表明にも似た言葉を、六助と太一は複雑な心持ちで耳にした。この船団の中で、二人だけは会津屋八右衛門からあらかじめ聞いていたのだ。

これから為すことの重要さと、将来に潜む危うさと、を。

会津屋八右衛門らが目的地とした竹島とは、現在の竹島のことではなく、現代では鬱陵島《うつりょうとう》と呼ばれている島のことである。（現代の竹島は、江戸時代は松島と呼ばれていた）
鬱陵島には元々、于山国という独立国家があったものの、五一二年に新羅によって服属させられており、後に李氏朝鮮は倭寇《わこう》対策として鬱陵島の住民を朝鮮本土へ移住させる空島政策をとったことから、長く無人の時代が続いていた。元和四年（一六一八)、鳥取藩は幕府から鬱陵島への渡海免許を受けて独占的経営を行ったが、その後、日朝間で領土を巡る論争となり、元禄十年(一六九七)五代将軍徳川綱吉は、日本人の鬱陵島への出漁を禁じる措置をとった。これらの事情から、当時の竹島(鬱陵島)は無人で、人の手が全く入らない島となっていた。

無事に竹島近海へと到着した九艘の船は、慎重に海岸線の形状や湾の深さを測りつつ島に近付いていく。日本本土から隠岐の島までは六三キロメートル。隠岐の島から松島(現在の竹島)までは一五八キロメートル。そして松島から竹島(現在の鬱陵島)までは九〇キロメートルの距離である。

会津屋八右衛門の手元には一冊の書き付けがある。それは、以前、鳥取藩の商人が竹島まで航海していた時の記録であり、それを元に航海を行い、岬の形状から当時の商人が船着き場として使っていた湾を探しているのだ。

「しかし、まあ、以前の記録のままの姿で残っているものですね」

太一が遠眼鏡を手に、海岸線を確認している。その視界には幾艘の地船があった。北前船が寄せられる水深があるか、竹竿を使って測定している。どうやら十分な水深があるようだ。記録と同様に。

「そうだな。人の世の移り変わりは激しいが、天地はそう変わらぬものだ。まあ、時には地震や火山噴火などもあるがな」

よし、と一声上げて書き付けを懐に仕舞った。

「予定どおり、ぁの湾に船を着けよ。前の商人達の小屋などは残っておるまいが、使っていた広場は残っておるだろうし、水の確保は必要だ。それを確認できれば、一つ今夜は宴を開くとしよう」

会津屋八右衛門の言葉に、船内から歓声があがる。

「よっしゃ」

「おおい、宴だってよ宴。やっぱり熱々の鍋とか食いてえな。船の上じゃ無理だからな」

「やっと上陸ですか。長かったですねぇ」

常の航海と異なり、地船を引き連れている分速度が出せず、予想していたよりも航海日数がかかっていた。船員の精神的疲労も溜まっていた。

「俺はやっぱり固い地面じゃないと熟睡できないんすよ。ああ、早く上陸したい」

「お前はもう一日、不寝番が残ってるだろうが。今晩も船の番だ」

「ええ〜、そんな殺生な」

彼らは無駄口を叩きつつも、作業は休まない。てきぱきと操船を続けて岸に寄せる。先に上陸していた地船の船員に向けて縄を投げると、記録どおりに鼻ぐり岩が備えてあり、そこに縄を結わえて船を固定する。船外に板を渡すと、会津屋八右衛門が一番先に船を降りた。

「ようやくここまで来たな」

会津屋八右衛門が島内を見渡すと、島は深い森に覆われており先が見えない。元々、日本海にポツンと浮かぶ火山島であり、平坦な土地は少ない。海岸も砂浜などは少なく、切り立った崖が続く海岸線には、来る者を拒む雰囲気がある。確かにここ近年、人が訪れたような様子は見られない。

「これなら計画どおり、十分な成果が見込まれそうです。待っていてくださりませ、岡田頼母殿」

会津屋八右衛門は今回の渡航計画を共に図った浜田藩家老、岡田頼母の顔を思い出していた。

浜田藩は元和五年（一六一九）、伊勢松坂藩より古田重治が五万四千石を与えられて立藩した。しかし慶安元年（一六四八）、第二代藩主古田重恒が重臣を斬殺するというお家騒動（古田騒動）を起こし改易となった。その後、慶安二年（一六四九）播磨山崎藩より松井松平家の松平康映《やすてる》が五万石で入封した。その後五代にわたって藩を治めたが、五代藩主松平康福《やすよし》が宝暦九年（一七五九）下総古河藩に転封、代わって同地より徳川四天王の本多忠勝の嫡流である本多忠敞《ただひさ》が入封した。本多家は三代にわたって治政を行い、三代目藩主忠粛《ただとし》は明和六年（一七六九）、三河岡崎藩へ移封される。

その後、浜田藩に再び転封されたのが松平康福であった。松平康福は、十七歳で家督を相続して浜田藩主となり、その後、下総国古河藩主、三河国岡崎藩主を経て再び浜田藩主になるという、複雑な経緯を持つ。松平康福は幕府の老中としての精勤を賞され、一万石の加増を受け、浜田藩は六万四千石となった。

そして天保元年（一八三〇）当時、松井松平家の三代目、松平康任《やすとう》が藩主として浜田藩を治めていた。松平康任は大坂城代、京都所司代を歴任、江戸幕府老中首座にまで昇っていた。

数年前のある日、会津屋八右衛門は浜田藩の御用商人として浜田城内を行き来するなかで、浜田藩家老の岡田頼母に声を掛けられた。岡田頼母からの話とは、浜田藩の財政に関することであった。

「会津屋殿、お主の家は父の代より御用商人として商いを続けており、様々に経験を積んでいるだろう。そして商いも順調と聞いておる」

藩の役人からの褒め言葉ほど恐ろしいものはない、と仲間内では囁かれている。特に、相手の役職が高いほど、その言葉の裏を読まねばならない。

「そしてお主はまだ若い。野心も度胸もあり、柔軟な考えも持つであろう」

岡田頼母の言葉を、警戒心を持って会津屋八右衛門は聞く。

「たってもない、お主に相談したいのは我が浜田藩の財政についてなのだ」

浜田藩の財政は悪化の一途を辿っていた。松平康任は祖父と同様に中央志向が強く江戸屋敷を三つ経営し、幕府中枢での出世のために接待や賄賂を駆使し、その結果として幕府老中首座にまで昇っていた。六万石程度の小藩にとって身の丈に合わぬ支出を繰り返し、藩の財政は常に火の車であった。

そのような状況にあることは、御用商人である会津屋八右衛門はもちろん、城下の町人にまで知られている事実である。

「藩財政の立て直しにつきましては倹約令を出されておられましたな」

「……そう、意地の悪いことを申すな」

八代将軍徳川吉宗の出した倹約令は、天保年間においても幕府の方針として示されている。各藩においてはそれぞれの判断を行っており倹約令を無視している藩もあるが、親藩である松平家は律儀に倹約令を領民に守らせている。例えば石州瓦は贅沢品だとして、町家の家々の屋根に葺くことは許されていない。

その中での問題は、藩主松平康任の江戸での振る舞いが、倹約令を守っているとは言えないことだ。奢侈《しゃし》に奢《おご》っているという訳でもないが、それでも幕府中枢での出世のために領民から集めた年貢を用い、さらに借金を重ねるのは領民にとって面白いはずがない。

「藩主の意向は変えられぬ。このまま倹約令を続けておっても藩財政を立て直すことなど、夢のまた夢であろうよ。それどころか、財政に行き詰まれば我が藩の御取り潰しという事態にもなりかねぬ。それはお主ら御用商人にとっても大きな問題になるだろう。どうだ、藩財政を立て直すための方策は何かないか」

「……そうですな」

岡田頼母の言葉には不満がある。廻船商人の会津屋八右衛門にとっては、御用商人という役得がなくとも、己の才覚一本で商売を切り拓いていく自信がある。それでも岡田頼母の頼みを断らないのは、かねてからある光景が脳裏に刻み込まれているからだ。

「実は、以前から考えていた案がありまする。御家老の協力があれば、実行に移せるかもしれませぬ」

ほう、と岡田頼母の頬が緩む。

「そのような案があるのであれば、当然、藩としても全面的にお主を支援しよう。ではまず、その案とやらを聞かせて貰えないか」

会津屋八右衛門は少しの間悩むように沈黙し、目の前の家老を少し苛立たせてから口を開いた。

「その案とは、竹島への渡航であります」

「竹島だと、……ふむ。あそこは今、渡航が禁止されている筈だな」

緩んでいた頬と目尻がおもむろに上がる。

「はい、以前鳥取の商人が経営しておりましたが五代将軍徳川綱吉様の時代に渡航禁止となり、既に百年近くが経過しております。であれば、山林資源や魚介類も豊富に入手できましょう」

「それは当然、幕府の意に反して鎖国令を破る、という事だな」

「勿論です。それくらいの事をせねば財政の立て直しは無理であると。浜田藩の置かれている状況は、それ程のこととお考えください」

「……ふむ」

岡田頼母は顎に手を当てて黙考する。

「私が御家老へお願いしたい事は三つあります。一つは正式に竹島への渡航許可を幕府から頂くこと。正式に認められれば、鎖国令に反することになりませぬ」

許可が出なくとも行くことはできますが、と小声で付け加える。

「もう一つは、百年前、鳥取の商人が竹島に渡航していた時の記録を入手して頂きたいのです。恐らく、江戸には記録が残っていることでしょう。過去の記録があれば、渡航は容易になります」

竹島は日本海に浮かぶ孤島である。無計画に大海原に乗り出す愚は犯せない。

「そして三つ目。これには藩主松平康任殿の力添えが必要となります」

「殿の、だと」

「はい。そのとおりでございます。この竹島渡航、藩主松平殿のご協力があれば藩財政の立て直しに大きく寄与する可能性がありまする」

会津屋八右衛門は岡田頼母へと何事か耳打ちする。それを耳にして岡田頼母の表情が驚くほど大きく変わった。眉間に深い皺が刻まれたところで、背を翻した。八右衛門に背を向けたまま腕組みをし、二歩三歩と音をたてずに歩みを進める。

会津屋八右衛門の提案に、家老が慎重になるのは当然だった。だから八右衛門は無言のまま、その背を眺めていた。しばしの間を置いて、岡田頼母は振り返る。眉間の皺はいよいよ深く刻まれたままだ。

「よし、分かった。まずは殿にお伺いを立てる。それと同時に、お主は提案の実行に向けた準備を進めておれ」

「ありがとうございます」

会津屋八右衛門は大きく頭を下げた。

後日、会津屋八右衛門からの提案を耳にした浜田藩主松平康任は直ぐさまに許諾し、行動に移すこととなった。浜田藩は竹島経営の要望を極秘裏に幕府へ打診したが、明確な回答は得られなかった。そのため岡田頼母と会津屋八右衛門は幕府には漏れぬよううこの計画を推し進めることとなった。

会津屋八右衛門らが竹島に到着した翌日、彼らは早速作業に取りかかった。

「ここへ来るまでに想定以上の日数を費やした。そこで竹島での滞在日数は十五日とする。この日数は天候により変わる場合があるため注意しておいてもらいたい」

会津屋八右衛門は共に上陸した地船の船員の前で、そう忠告した。竹島に到着した八艘の地船にはそれぞれに二、三名の船員が乗っており、この場に並んでいるのは二十一名である。彼らの職業はまちまちである。当然八名は地船の船主であるが、その他には漁師や木樵《きこり》、大工などがいる。彼らのまとめ役である六助は船大工である。

「拠点づくりはどの程度としますか」

六助が皆を代表して確認する。拠点とは彼らが陸上で作業や生活をするための小屋である。短い期間であれば乗り付けた船内で寝起きして生活することも可能であるが、これから行う種々の作業には屋根付きの小屋が必要になる。

「そうだな。この竹島経営はこれから何年も続けて行うことになろう。であるからには、丈夫なものが必要とは思うが……」

会津屋八右衛門は周囲を見渡す。ここは以前竹島に訪れていた鳥取の商人が使っていた場所であったが、さすがに百年の時の流れは無情である。少しばかり平らな土地に、草木や木立、藪が広がり、そのまま鬱蒼とした森へと続いていた。

「今回は日数も少なく、周囲の状況も把握できておらぬ。それでいてある程度の収穫を得る必要もあるのだから、今回の拠点づくりは最低限で良い」

八右衛門が指示したのは、簡易な掘っ建て小屋である。それさえも、直ぐに分解できるよう求めた。

「それでは皆の者、これから十五日間の仕事を確認するぞ」

海岸では漁師達が漁を行う。鮑などの貝類を採取し、釣りを行い島周辺海域の魚種を確認する。そのついでに海驢《あしか》などの海獣の生息や、島の地形を調査する。また、釣った魚は彼らの食料にも回す。木樵や大工達は森に入り、島の地形や木の種類を確認する。売り物になりそうな木を切り出して船に積めるように加工する。建てた小屋は魚介類の加工場とする。魚は開いて干物とし、鮑や海鼠《なまこ》も日保ちするように干してやれば、本土に持ち帰って売ることができる。

「これらの荷を湊へと無事に持ち帰り売ることができれば、大きな利益を得ることができるだろう。これからのお前達の働きぶりが儲けに繋がるのだ。しっかり励めよ」

会津屋八右衛門の激励に、おおっ、と歓声が上がる。皆、目の前の海も山も豊かな実りを約束しているように見える。ここが彼らにとっての宝島であることは確実だった。

「ところで、会津屋さまはこれからどうされるのですか。漁の方を手伝うので」

先の説明は、地船の船員達の仕事であり、会津屋八右衛門の北前船の乗員への指示はなかった。

「我が船はこれより島を発つ。島を拠点に交易を行う予定だ」

「交易、ですか？」

六助は首を捻る。竹島は絶海の孤島だ。周囲に交易できるような湊があるはずがない。

「何処と交易されるので？　まさか、朝鮮まで行かれるつもりですか」

「いや、それは鎖国令を真っ向に破る事になる。向こうの記録にも残ろう。さすがに、そこまで手は伸ばせぬよ」

八右衛門は言って笑う。

「何処と交易できるか、それは私にも分からぬ。ここから先は、それこそ我と藩主松平康任殿の運の強さ次第だな。お前達もこの交易が成功するよう、ここから祈っていてくれ」

「はあ、藩主様の運、でありますか」

その言葉の意味が掴めず六助は呆けた声を出した。

「これ以上は知らぬことが、お主達のためである」

さあ、それでは作業に取りかかろうか、と声を上げて会津屋八右衛門は両手を叩き、皆に作業を促した。


十五日の後、会津屋八右衛門の北前船と八艘の地船は予定どおり竹島を発った。もう少しで初冬にかかろうかという時期だ。季節風が北西から吹き始め、その風が船の帰郷への速度を上げる。男達は十分な手応えを感じ、喜ぶ家族の顔を思い浮かべながら帰郷を急ぐ。松島を経由し、隠岐の島沖で、北前船と地船とは別れた。地船が隠岐の島の湊に立ち寄る事はあり得ないのだから、ここから直接長浜の湊へと戻る事になる。ここまで来れば耐波性のない地船でも、北前船の支援がなくとも長浜まで戻ることが可能である。例え転覆したとしても、季節風を受ければどこかの浜には降り立つことができるからだ。

八右衛門が乗った北前船は隠岐の島の湊へ立ち寄り、ここからさらに東の海へと乗り出した。そして、浜田湊は松浦湾へと会津屋八右衛門が戻ってきたのは年の明けた一月の事であった。

早速、会津屋八右衛門は武家屋敷へと向かい、家老岡田頼母と面会した。

「おお、会津屋殿。待ちかねておったぞ。この度の首尾はどうであったか」

会津屋八右衛門は湊から岡田頼母の屋敷まで、むっつりと表情を消したまま訪れていた。その様子に心配となった岡田頼母は、八右衛門を睨むように凝視した。その視線の先で、八右衛門の表情がふっと和らいだ。

「岡田殿、御安心なさってください。この度の竹島渡航、成果は上々でありまする」

会津屋八右衛門は懐から一枚の書き付けを取り出し広げてみせる。書面には交易品の品名と数量が記されており、それぞれの購入額と販売額が。さらには渡航にかかった費用と最終的な利益が記されていた。

「岡田殿から預かりました出資金、これに倍する利益を得ることができました」

書面を手に取り嘗めるように書面を眺める岡田頼母に、会津屋八右衛門は説明を続ける。

「さすがは老中松平康任殿。薩摩藩を通じて、清の商人にも我が意が伝わっておりました」

「……そうだな」

岡田頼母は素直に喜ぶ訳にいかなかった。それは会津屋八右衛門より請われた三つ目の依頼によるものだ。

「幸いにも朝鮮と清の商人と交易することができました。昆布と銅を売り、朝鮮からは高麗人参を、清からは朱と砂糖、鼈甲を仕入れました。これらを越後の湊で売り歩き、帰路は越後の米を仕入れて浜田湊へと戻ってまいりました」

うむ、うむ、と頷きながら、岡田頼母は書面と会津屋八右衛門とを交互に見比べる。

その書面に記された数字と、自信溢れる表情とに安心し、岡田頼母はほっと息をついた。

「よくぞ無事に……、この大任を果たしてくれた。よくやってくれた。礼を言わせて貰おう。これで我が藩の窮状は……」

いいえ、と会津屋八右衛門は岡田頼母の言葉を遮った。

「今回の儲けは、また次の商いの出資とする必要がありまする。それにこの程度の小金では、藩財政にとって焼け石に水ではありませぬか」

その顔に、いつの間にか笑みが消えていた。

「此度の竹島渡航は、今回のみで終わりとするものではありませぬ。今回の航海で最も大きな成果は、朝鮮と清の商人に直接の伝手《つて》ができた、ということになりましょう。彼らに我らの竹島経営の事を伝えることができましたので、来年はもっと大きな商いに発展することとなりましょう」

会津屋八右衛門が提案した竹島渡航には、大きく二つの目的があった。一つは手付かずの竹島の林産資源と魚介類を持ち帰ること。もう一つは外国の商人と直接交易すること、すなわち密貿易である。

この頃、日本と外国との交易は、長崎は出島でのみ行われていた。日本からは主に昆布や煎海鼠といった俵物、銅や漆器などの工芸品が輸出され、海外からは朱や漢方薬、胡椒や香木、生糸などが輸入されていた。出島での交易は幕府が管轄し、かつ取扱量も限られていたため、輸入品は非常な高価で取引されていた。輸入品を直接管轄することで、幕府は大きな利益を得ていたのだ。

そこで出島を経由せずに直接外国商人との交易、すなわち密貿易ができれば、莫大な利益が望める筈であった。当然、これは鎖国令を破る事になるため、改易も含めた相当の懲罰を課される可能性があった。

その中で薩摩藩のみは琉球国を経由して清の商人との経路があった。困窮する琉球国の支援を名目に、品目、総量を限定して清との貿易を許されていたのだ。その中で薩摩藩は慢性的な財政難に苦しんでいたため、清との貿易の品目、総量の拡大を幕府へと申請し許可された。これを長崎商法と呼ぶ。薩摩藩への優遇は藩財政の健全化に寄与するとともに、交易品の価格下落、そして幕府の交易収入の低下へと繋がったため、幾度も幕府から長崎商法停止の提案が為されていた。

実際のところ、薩摩藩は長崎商法を隠れ蓑に抜け荷、すなわち密貿易を行っていた。長崎商法が停止されれば、密貿易で得た交易品を売り捌くことに支障がでる。そのため、長崎商法を続けるために、幕府中枢の権力者へと近付いていった。

そして時の勝手掛老中が浜田藩主松平康任であった。賄賂は当然として、松平康任の息子に薩摩藩主斉興の妹、勝姫が嫁ぐなど、二藩の関係は深まっていたのだ。

実は、以前、会津屋八右衛門は密貿易を行ったことがあった。それは北前航路において、越後から輪島半島を経由して隠岐の島へと向かう航路の途上、偶然、清の交易船と行き会ったのだ。その清の交易船は、密貿易を狙って日本海海域を航行しており、瀬取りができる日本商船を探していたのだった。その時に幾らかの商品の遣り取りがあったのだが、元々外国商人に合わせた品揃えでなかったため大きな利益にはならなかった。しかし、互いに示し合わせて商品を準備していれば、大きな儲けが期待できることが判った。

さて、密貿易の難しいところは、相手の外国商人とどう連絡を取り合うか、という点にある。朝鮮も清も、日本と同様に鎖国政策を行っているため、彼らが密貿易の場とするのは海上に限定される。海上で船同士を接舷させて荷のやりとりをする、すなわち瀬取りである。しかし目印のない大海原で互いの船が出会うことは非常に難しい。

そこで今回の竹島渡航は、竹島を拠点として長期間滞在すること、そして、薩摩藩を介して清の商人との事前連絡を取ることで密貿易が容易になるという計画であった。その目論見は見事に当たった。

浜田藩家老の岡田頼母としては、藩財政を回復させるためとはいえ御法度である密貿易に手を染めることには消極的だった。露見した場合、御家断絶の可能性がある。しかし、藩主の意向は変えられなかった。

「来年の渡航か」

「幕府には気付かれぬよう、進めるしかありませぬな」

心の内を読んだかのような言葉に、岡田頼母は眉を顰めた。

その後、会津屋八右衛門は岡田頼母と今後の計画を打ち合わせ、夕刻前には岡田屋敷を辞した。

陽の沈む前、会津屋八右衛門は長浜の湊へと訪れた。同行するのは主計の太一のみである。湊や浜には種々の地船、小さな船の数々が並んでいる。湊の一角、定められた市場には釣り上げられたばかりの魚や新鮮な野菜、米や麦といった食料品から、布地や糸、椀や籠といった木工製品、生活用品が売られている。ただ、市場には活況が見られない。人通りは少なく、店先からの掛け声は極少ない。見れば棚に並ぶ商品の数も少なく、埃を被っているものさえある。会津屋八右衛門が知っている長浜湊の風景であり、それを目にする度に溜め息が漏れる。

室町の時代、周布氏が治世していた御代、長浜湊の商人達は遠く朝鮮と交易をしていたほど栄えていた湊であった。それが現在、八右衛門が嘆息するほど凋落している。その事実が、八右衛門が幕令を破ってまで竹島渡航を計画した一つの理由である。

会津屋八右衛門は長浜の町を抜ける街道を進み、一軒の家屋の戸を叩いた。裕福ではない、湊にはありふれた板張りの家屋である。ガタガタと鳴る引き戸を開き、怪訝そうな顔を出したのは、年若の女性である。

「どちら様ですか」

「予めの連絡もなく、不躾に訪れたことは謝りまする。私、会津屋八右衛門と申す廻船商人であります。六助殿はご在宅でありましょうか」

会津屋八右衛門が丁寧に頭を下げると、当の六助が駆け寄った。

「ああ、会津屋さまでありましたか。不躾などと、とんでもない。首を長くしてお待ちしておりました。どうぞお入りくだされ」

たいしたお持てなしもできませぬが、と付け加えて六助は会津屋八右衛門と太一とを招き入れた。八右衛門は礼の言葉を述べつつ、戸口を潜った。

「長浜の湊は、会津屋さまの偉業で持ちきりですよ。皆無事に湊へ帰り着き、満載した荷は、市場で早々に売り切れました」

再会の挨拶も早々に、六助は会津屋八右衛門を褒めちぎった。八右衛門は囲炉裏の側に腰を下ろしつつ苦笑した。

「いや、それ程の事ではあるまい」

「謙遜は不要ですよ。会津屋さまのおかげで、ここ、長浜の湊にも光明が見えてきました」

六助は喜色を浮かべて話し続ける。

「持ち帰った荷の収入によって船主は経営の目算が付きました。これからの交易のため、船の修繕にも前向きになっております」

「我々船大工も良い材に巡り会え、仕事も本来のものに復りつつあります。鳶巣の御立山の木々さえ枯渇し、良材を得ることが難しくなっておりましたから」

御立山とは中世に山城が築かれていた山のことである。一国一城令の後、城が廃棄された後は御立山として藩が管理する土地となっていた。山城は堅固な防御施設であるから、無頼の輩が占拠して立て籠もることを防ぐと共に、そこに育つ立木を藩が管理して城の修繕などに用いることとされていた。しかし、いつの間にか御立山の木々も切り払われ、禿げ山に化していた。

「ある程度の品質、大きさの材がなければ、船の新造や修繕など船大工としての仕事ができるはずがありませんでしたから」

石見国は元来、山がちな地域で森林資源が豊富な国である。しかし、石見国では古来より踏鞴製鉄が営まれており、炭を、しいては木材資源を大量に消費する。さらに江戸時代に入って石州瓦の生産が増加している。石見国にある都野津累層からは良質の粘土が採れ、これに来海石を釉薬として用い一三〇〇度で焼成すると、硬くて水分の吸収の少ない、冷害や塩害に強い赤褐色の瓦が出来上がる。浜田城や武家屋敷では石州瓦が多く使われているが、浜田藩は倹約令に倣ったため、城下の町々へは石州瓦の使用禁止令を発布している。

その中で踏鞴製鉄の経営が拡大し、川タタラ、浜タタラといった、水運を利用して遠隔地から砂鉄を運搬して踏鞴を経営するという形態が広まっていく。ついには鳥取から浜砂鉄を運び込み、天領大森や浜田藩の海岸で踏鞴を経営する者が現れた。その際、船を用いて鳥取から石見に向けて砂鉄を運ぶのだが、その帰り、石見から鳥取に向けて運ぶ荷が必要となった。そこで選ばれたのは石州瓦であった。鳥取も石見と同じく冷害や塩害に困っており、石州瓦の需要は高かったのだ。

江戸時代後期、石見国へ輸入される主な商品は米と砂鉄である。そして石見国から輸出される主な商品は鉄と石州瓦である。鉄も石州瓦も石見の森林資源である炭を用いて焼き上げるものだ。貨幣経済が蔓延する中で、炭の需要は劇的に増加した。その結果、石見国中の山林資源は炭として焼かれ、船や建築物の構造材に用いるまで大きく育つ木は皆無という状況にあった。

今回の竹島渡航で百年手付かずの森林を資源として切り出し、本土まで持ち帰る意味はここにあった。

「会津屋さまのおかげで、造船のための良材が手に入りました。船主も、我ら船大工も本来の仕事ができること。これに比肩する喜びはないと。これも皆、会津屋さまのご英断だと、湊の者は申しております」

いやいや、と会津屋八右衛門は手を振る。

「この程度では私が受けた恩を返したという気にはなりませぬ。今回の竹島渡航は、来年、再来年。いや、もっと先まで続けるつもりでありますから。六助殿にはこれからも協力を願いますし、貴方方の礼はその時に承りたく存じます」

会津屋八右衛門は頭を下げる。対して、六助は恐縮して声を上げる。

「そのような言葉は不要であります。いや、私はもちろん、会津屋殿に協力することに変わりはありませぬが」

そうそう、と言って、先に戸口で対応した女性を呼ぶ。

「こちらは私の妻であります」

女性は盆に徳利と猪口を三つ載せている。その背に隠れるように小さな子供の姿がある。

「妻の名は竹、子供達は数えで五歳になる長女の梅と、その二歳下、長男の八助といいます。この子達が大きくなる頃には湊も活気づき、船大工という私の仕事を見せてあげたいと思うのです」

竹は子供達に手を添えて柔らかく笑む。子供達は八右衛門達が気になりつつもおっかなびっくりの様子で、竹の背に隠れたままだ。大人達に笑みが零れる。竹は子供達に気を遣いながら歩んで、八右衛門と太一、そして六助に猪口を渡して、徳利の中身を注ぐ。

「この辺りで買える濁酒など口に合わぬかもしれませぬが、まあ、一口どうぞ」

礼を言って猪口に口をつける。味は薄い。石見国は米が輸入されるほど高価であるため、米から醸造される酒はさらに値が張る。だから庶民が口にできるものは、品質の悪い濁酒をさらに水で薄めたようなもののみだ。唇を湿らせた八右衛門は、そうそう、と言って懐から巾着袋を取り出す。

「今日は、これを六助殿に渡すために参ったのだ。中身の銭は、今回の竹島渡航に同行した者に均等に分けて貰いたい」

「まさか、そのようなもの受け取れませんよ」

「いや、これはお主らの労働に対する正当な対価なのだよ。竹島渡航は確かに我らが企画した。だが、無人島で漁をして魚介を入手することや木材を切り出すのは、専門であるお主らがおらねばできなかったのだ」

北前船にも竹島で獲れた鮑や干物、木材を積んで北陸で売り払った。会津屋の北前船の船員でも魚介類を捕ること、木を切り出すことはできるかもしれないが、相当に効率が劣る。

「だから、これは我らが販売した荷の必要経費なのだ。受け取って貰わねば、商人としての面目が立たぬ」

「……分かりました。では必ず、皆に均等に分けまする」

ほっ、と息を吐いたのは八右衛門の後ろに控える太一の方だった。

「それともう一つ、来年の計画のために聞いておきたいことがある。今回の渡航で良かった所、改善すべき点、何か思い当たるものはないか。このような計画、年に何度もできるものではない故、次回の渡航をより効率的なものにしていく必要があるのだ」

なるほど、と八右衛門の言葉を聞いて、六助は腕組みをして思案する。それからしばらくの時間、八右衛門と六助、そして太一の三人であれこれと竹島渡航での記憶や感想を言い合い次回のための計画を練った。陽はとっくに水平線の下へ没し、小さな子供達が寝静まった頃になって、八右衛門達は六助の家を辞した。

二つの人影は、闇の落ちた長浜の湊を抜けていく。人通りも絶えた街道を、二人静かに歩む。

「旦那様、ありがとうございました」

言ったのは太一で、会津屋八右衛門は足を止めた。

「そのように言って貰えるほどのことを、私はまだ為しておらぬ」

振り返り見ると、太一は涙を流している。

「……っ、本当に、このような夢物語のような話を、旦那様に取り組んで頂けるとは……。私が奉公にあがったときには、夢にも思いませんでした。それも、己の身の危険も顧みず」

「気にするな。お主のためにやった事ではない」

八右衛門は太一の肩を軽くたたく。その肩が小刻みに震えている。

「これまで、苦労を掛けさせたな。だが、竹島渡航はまだ始まったばかりよ。私はこれからも、お前の助力を必要としているのだ」

判ったな、と問い掛け、はい、と応える。そうして二人は再び歩み始めた。

太一は八年前に会津屋にあがった奉公人である。太一は元々長浜の湊で廻船商人を営む篝屋《かがりや》の跡取り息子であったのだが、篝屋は既に潰れている。経営が傾きかけた頃に、利益を増すために無理な航海を続ける中、父が乗った船が遭難した。それが、太一が会津屋に奉公にあがった直接的な理由だ。だが、そもそも現在の長浜湊の凋《ちょう》落《らく》ぶりを含めて、このような情勢となったのには理由がある。それは松平康映が定めたある命令に起因するのだ。

安永六年（一七七七）、二度目の浜田藩主となった松平康映は交易制限令を発令した。その内容とは、国外から仕入れた米麦を売買できるのは浜田湊のみ、と限定することだった。石見国は山がちな地形で田畑が少なく、それ故に米の輸入国と言っていい。米は湊で最も取引量の多い商品である。国内の商人は皆米を扱っているのだから、この交易制限令によって彼らはまず浜田湊へと足を運ぶことになる。そのため長浜湊で売られる米はいったん浜田湊で買い入れたものを長浜湊まで運び入れたものになるため割高になり、他の商品も同様に割高となる。また国外と交易する船は浜田湊を中心に行き来するのだから、石見国から輸出する品も浜田湊を通じて輸出される。そのため輸出品さえ長浜湊では買い叩かれて安価になるのだ。長浜湊を拠点としていた廻船商人達は不利を承知で小商いを続けるか、浜田湊へと移転するか、その二者択一を迫られる事になった。

この松平康映が定めた交易制限令も行き過ぎた貨幣経済の弊害である。この時代の年貢の取り立てを簡単に表現すると「取りやすいところから取る」である。例えば米を作る農民は農地という場所に縛られており水田面積もその取れ高も管理されているため、容易に税が徴収できる。漁師については、特定の浜で漁ができる権利として税を徴収しており、職人達には座という組合を作らせてこれを通じて税を集めることができる。対して商人の場合、交易でどれだけ儲けがあり、それに対して税をどれだけ徴収するかを判断することは容易ではない。商人には「運上金」という形で税を徴収するのであるが、それが行き過ぎれば商人の収支を圧迫し経営を潰すことにもなりかねない。

そこで松平康映は浜田湊の御用商人達に必ず儲けが出る特権を与えて、その特権に対して運上金を徴収することにしたのだ。それが米の交易制限令であった。この令によって浜田湊の廻船商人へと儲けが集中し確実に運上金を徴収できる反面、浜田湊以外を拠点とする他の商人達にはたまったものではなかった。

その中で、浜田湊での特権を受けた御用商人が会津屋八右衛門であり、交易を制限され不利な経営を強いられたのが太一の実家であった篝屋であったのだ。その結果、篝屋は潰れ、その跡取り息子が会津屋に奉公にあがっている。

その事実は、会津屋八右衛門にとって忸怩《じくじ》たる思いであった。

交易とは商品を安く買い入れて高く売り、その差額から経費を引いて利益とするものである。例えば米が豊作であり余っている地域で米を買い付け、日照り続きで米の取れ高が悪かった地域で米を売れば、高い利益が見込まれる。しかもこれは、余っている米を買い付ける事も、米が足りないところへ米を運ぶことも、双方に喜ばれる仕事である。(当然、商人も儲かるので三方良しとなる) ただ商人の中には、災害による飢饉で日々に食することさえ難儀している者に、不当なほど高値で米を売りつける者もいる。それは、人の不幸に付け込んで利益を得ているに他ならず、会津屋八右衛門が忌避している商売である。

しかし現在の石見国の状況は、松平康映の交易制限令による長浜湊の廻船商人の不幸に付け込んで、会津屋八右衛門ら浜田湊の廻船商人達が利益を得ているという構図になる。だから会津屋八右衛門としてはその構図を変えるか、もしくは、長浜湊の者が利益を得る仕組みを構築したかったのだ。

会津屋八右衛門から竹島渡航の計画を聞かされたとき、太一は耳を疑った。それは、御用商人という恵まれた地位に安住しているはずの浜田湊の廻船商人が危険を冒し、長浜湊の地船船主達を助けるという構図であったからだ。当初は、一介の奉公人である自分をからかっているのだと思った。実現に向けて、六助ら長浜湊の男達との交渉を任されたときには、まさか、と疑った。そして今、六助ら長浜湊の男達の希望を背に受ける会津屋八右衛門を焦がれるように見上げる。

「この先何があろうとも、旦那様の背中を追いかけ続けます。命の限り、お仕え申し上げまする」

夜道に淡く浮かぶ背中に、太一は小さく誓った。

浜田藩による竹島渡航は、その後毎年のように続けられた。初回と同様、季節は初秋の年一回に限られたが、参加する地船の数は十二艘、十七艘と増えてゆき、会津屋の北前船も新たに八百石のものを新造した。外洋を喫水線の浅い地船が航海することは危険を伴い、渡航時に波を被って転覆する地船もあった。それでも船団を組んでいる利点を活かして近くの船が落水した船員を助け、北前船があれば転覆した船を牽引、引き起こすことも可能であった。竹島の拠点も広場を拡張し、恒常的な作業小屋を建設、嵐が来れば数日は陸上で過ごすことも可能なだけの設備を整えていった。

竹島に訪れる外国商人も、朝鮮、清に続いて、南蛮（オランダ）商人も加わり、密貿易の量、質、共に充実してきた。それにしたがって渡航毎の儲けも拡大していき、四年目には浜田藩の全ての借金を返済できるほどになった。そのことに喜んだ藩主松平康任は会津屋八右衛門を呼び、宴を開いた。江戸の風流を模したもので、会津屋八右衛門どころか家老の岡田頼母でさえ辟易した豪華さであった。

それはともかく、会津屋八右衛門にとっては、長浜の湊の活況が戻ったことが嬉しかった。竹島渡航という新たな収入源の確保によって、地船を扱う廻船商人のみでなく、船を整備する船大工や荷運びする人足、日々の生活に類する商品を売買する市場なども活気が戻ってきていた。

天保四年（一八三三）の大雨、洪水、冷害に起因する天保の大飢饉は天保十年（一八三九）まで続いた。当初は東北地方で被害が拡大したため米価は極端に値上がりし、天保七年には石見国でも大きな水害が発生し、多くの死者を出した。それでも、石見国に直接の被害が起きるまでは、他国から仕入れる米に難儀したものの竹島渡航による儲けがあったため、大きな飢餓を経験することがなかった。それも会津屋八右衛門の功績の一つとなるだろう。

天保六年（一八三五）十一月、石見からは遠く離れた場所で一つの事件が起こった。薩摩の商船が新潟沖で難破し、新潟湊から少し離れた村松浜にその残骸が打ち上げられたのだ。当時の新潟は天領であり、その地の代官を通じて報告があがった。その報告に幕府の役人は眉を顰ませた。その報告とは、難破した薩摩藩の船荷に清国商人の荷印が認められた、ということだった。

その噂は以前からあった。海外から輸入される品々は、長崎は出島でのみ荷下ろしされるため、長崎から遠く離れた場所では海外品は高価になるのが道理である。しかし、東北地方において、輸入品である朱が江戸よりも安価に取り引きされていたという。

　幕府はその真偽を確かめるためにある人物を新潟へと派遣した。

　六助が下府へ立ち寄った時、妙な旅人を見かけた。街道沿いの梅の花が咲いていた。彼らは丁度、下府川を渡ったところにある茶屋を出たところで、街道沿い、満開に咲き誇った梅の大樹を見上げながらゆっくりと歩いていた。そこで、国府の湊へ向かっていた六助と行き会ったのだ。

　見慣れない旅人は三人組で老人と痩せた壮年の男と、少年とも言えるほど若い男であった。妙に気になったのは老人の姿勢であった。痩身で既に白髪に覆われているにもかかわらずその眼光は鋭く、隠居という雰囲気からは随分離れていた。同行している二人の男も、親族というよりは従者といった様子であった。

　立ち止まって去って行く三人の後ろ姿を見送ってから、茶屋の主人に声を掛けた。商売人らしく朗らかな笑顔で挨拶を交わした。

「どうした珍しいな。倹約家のお前が茶屋なんかに寄るなんて。どうだ何か食ってくか」

「いや、茶を飲むつもりはないんだが……」

六助は言葉を濁しつつ、自分の中の違和感を確かめた。

「今、茶屋を出て行った三人。旅人だと思うが、どんな連中だった？」

「ああ、今の三人か」

主人は何の疑問を持った様子もなく、当たり前のように応えた。

「薩摩に向かう旅の途中だって言っていたな。一人は随分な年寄りだったけど、随分矍鑠《かくしゃく》とした老人だったな」

付き添っていた壮年の男の方が疲れ切ったという雰囲気だったな、と言って笑う。

「その老人達はどこから来たって？」

「ああ、たしか新潟から来たと言っていたな」

「……新潟？」

それは六助にとって奇妙な事だと思えた。新潟から薩摩という遠距離を移動するのには船を使うのではないだろうか。それがどうして街道を使って下府の地を歩いているのだろうか。それとも、その老人の言葉が嘘なのであろうか。その六助の不審そうな表情に、茶屋の主人もその違和感に気が付いたようだ。

「なあ、あの三人、何か話していたか？　もしくは、何か聞いてこなかったな」

ああ、そうだな、と主人は真剣な表情になって考え込んだ。

「うん。たいしたことは話してなかったな。今年の天気のこととか、店の景気のこととか。おお、そうだ。そこに積んである材木のことを、少し話したかな」

「材木のこと？」

「そう、それのことさ」

茶屋の主人は言って指差す。店先の閑地に木材が積んであった。長さ三メートル、直径三十センチメートルほどの檜の丸太が二本、それに長さは同じだが直径が六十センチメートルを超える丸太が一本、無雑作に積まれていた。

「今度、俺の娘が嫁いだ商家が町家を改築するってことでな、ご祝儀として贈るつもりだって話してたんだ。そりゃあ、景気のいいことだって褒めてくださったよ」

そう嬉しそうに話す。自慢の娘なのだろう。だがそれよりも、六助は別のことが気に掛かった。

「他には何か話さなかったか？」

「う～ん、そうだな……。そうそう、そんな立派な材をどこで買ったかって聞いてきたかな。だから正直に、松原の湊で買ったって言ってやったよ。まあこんな出物、いつでもある訳じゃないから今行っても無駄だよ、って忠告してやったのさ。ちょっと残念そうにしてたかな。案外、どこかの商家の隠居が旅行ついでに新しい商品を探しているのかもしれねえな」

「それだけか」

「う～ん、会話を一々覚えてる訳じゃないが、普段の挨拶を除きゃあそんなもんだったな」

「わかった。ありがとうな、時間を取ってもらって」

六助は茶屋を出て、浜田へと続く街道を見やる。既に三人の旅人の姿は見えない。

その閑地に積んである材木は、確かに竹島で切り出したものだ。しかし茶屋の主人は竹島渡航の事実を知らない。単に、国外から船で運ばれてきた商品だと思っている筈だ。その主人の言葉を聞き、目の前の材木を見比べ、あの老人は何を感じただろうか。

「ええい、どうにも気になるな」

ちらと一度国府の方へ視線を向ける。依頼のあった船主は古くからの知り合いだから、後日、謝ればなんとかなるだろう。そう決めた六助は浜田へ向けて、松原の湊に向けて駆け出した。

六助は全速力で駆けたつもりであったが、三人の旅人を街道で捕まえることはできず、また、松原、外ノ浦、長浜の湊を探してみたが、やはりその姿を見つけることはできなかった。

六助が見かけた老人、その人物の名は間宮林蔵といった。

間宮林蔵は農民ながら地理や算術の才能に恵まれていたため役人に取り上げられた人物である。探検家とも知られており、伊能忠敬に測量技術を学び、西蝦夷地を探索した折りには樺太が島であることを確認し間宮海峡を発見した事で知られている。また後世では幕府の御庭番としても知られており幕府の隠密として全国各地を調査していたという。

天保六年（一八三五）十一月に発生した新潟での難破船事件。この事件は薩摩藩による密輸が濃厚と考えた幕府は、間宮林蔵に調査を依頼したのだ。十二月には新潟で調査を行い、次の目的地として薩摩へと向かう途上、街道沿いに山陰道を歩き石見国は下府へと立ち寄ったのだ。六助は徒歩で新潟から薩摩へ向かうことに違和感を感じたが、冬の荒れる日本海を航海するよりも、健脚であれば陸路を取った方が時間はかかるが計画は立てやすい。また、日本海側の湊や浦々、そういった所を調査する意図もあったのかも知れない。

ともかく、下府の茶屋で微かな疑問を感じた間宮林蔵は少しばかり松原の湊を調べることにしたのだが、密輸に繋がるような証拠は出てこなかった。茶屋で見かけたのは檜の丸太である。それは庶民にとっては高価な品物であるが、金さえ積めば市場で入手可能な品物でもある。気になったのは、周囲の景色との乖離《かいり》である。下調べで石見国は踏鞴製鉄と窯業が盛んであると知っており、その情報に違わず山々の木々は細く低い。直ぐに薪として、炭焼きの材として燃やしてしまうのだろう。山々の木立は時間があれば再び生長するのだから、燃料としての再供給には事欠かない。だが、構造材としての丸太、それも直径が六十センチメートルを越えるほどの檜となると、石見国はおろか、他国でも見かけない。峠越えの際、深山に生えているのを見かける程度で、それを切り出すことは経営的に赤字が出るようなものばかりであった。だから、そんな丸太材が茶屋の店先に無雑作に積まれていたという事実が奇妙に思えたのだ。

ただ、間宮林蔵が依頼されたのは薩摩藩の密輸事件であり、浜田藩について詳しく調査する時間はなかった。間宮林蔵は直ぐに浜田の地を発ち、薩摩へと向かった。そして薩摩での調査を終えた後、立ち寄った大坂町奉行矢部定謙《やべさだのり》へ浜田藩のことを忠告したのだった。

矢部定謙は直ちに隠密を浜田藩に送り、密貿易の証拠を掴んだ。

天保七年（一八三六）六月、大坂町奉行の手によって家老岡田頼母の家臣で藩勘定方の橋本三兵衛と会津屋八右衛門が捕らえられた。直ちに大坂町奉行所へと連行されて、尋問されることとなった。

「会津屋八右衛門が奉行所に捕まった」

その噂は長浜湊を風のように広まり、六助の耳へも入った。その浜には多くの船大工が集まっていた。会津屋八右衛門の依頼で積高五〇〇石の北前船を新造していたところだった。

「ばかな、そんなはずがない」

六助は手にした槍鉋《やりがんな》を足下に落として駆け出した。待て、と呼び止める同僚達の声も無視して走り続ける。息を切らして駆けつけたのは、浜田湊、松原の会津屋の商家であった。

「八右衛門様が奉行所に捕まったっていうのは本当か」

六助の剣幕に驚いた店番が奥へと声を掛けた。それで顔を出したのは太一である。

「六助殿でありましたか」

太一も悄然と肩を落としており、その声にも力がない。

「太一殿、本当なのですか！」

「……本当です。奉行所が来たのは三日前です。旦那様は奉行所の要請を受けられ、浜田城へと向かいました。そしてそのまま、こちらに戻られることはありませんでした。今朝方、大坂へと連行されたと伺っております」

「大坂？　何故、大坂なんてところに？」

「それは我らには判りかねます。ただ、旦那様はこの時があることを知っておられたようです」

「知って、おられた？」

そうです、と太一は懐から書き付けを取り出す。

「旦那様は竹島渡航のあらましについて記録しておりました。こちらはそれを書き写したものです」

六助は書き付けを受け取ったが、ただ広げて眺めるだけだ。読み書きができないから内容までは分からない。

「旦那様は奉行所に密貿易を問われた時に、直ぐにこれを提出されました。そしてこの書き付けには、今回の密貿易は会津屋八右衛門が中心となり、浜田藩家老岡田頼母《たのぼ》と図り、在国年寄松井図書、勘定方橋本三兵衛と具体的な計画を立て、藩主松平康任様の黙認の元に密輸を行った、と書かれております」

次々と出てきた名前に、六助には覚えがない。六助は竹島渡航の実行にしか関わっていないからだ。

「そしてこの書き付けには、長浜湊の地船の事は、一切書かれていないのです」

「何だって」

驚いて六助は書き付けに視線を落とすが、やはり何が書かれているか判らない。

竹島渡航には竹島の魚介と木材の入手、そして密貿易の二つの目的があった。その中で会津屋八右衛門は、密貿易について長浜の船員達には決して関わらせなかった。

「旦那様は、この度の一件、会津屋と浜田藩のみの企てとして、処分を受けるおつもりなのです」

いつの間にか、太一の瞳が、声が潤んでいる。

「旦那様は初めから、長浜湊再興のため一身を棄てるつもりで竹島渡航という国も揺るがすような大事を図っていたのですよ」

「……そんな、まさか」

「旦那様から六助殿に、言伝を預かっています。建造を依頼した船の主は篝屋としている。太一と共に長浜の湊を盛り立てよ、と」

「まさか……そんな」

六助はただ喘ぐように、小さく言葉を呟くだけであった。


天保七年（一八三六）十二月、大坂奉行所矢部定謙《やべさだのり》は竹島事件についての裁定を下す。

浜田藩在国家老岡田頼母および在国年寄松井図書は切腹。藩勘定方の橋本三兵衛と会津屋八右衛門は死罪。浜田藩主松平康任は永蟄居を命じられた。嫡子であった松平康爵に家督相続は許されたものの、陸奥棚倉藩六万石へ懲罰的転封を命じられた。

竹島事件の処分は驚くほど迅速に行われた。間宮林蔵が浜田を訪れてから一年も経っていない。間宮林蔵が調査を行っていた薩摩藩の密輪の裁定が下されたのは、さらに三年後の天保十年（一八三九）の事である。

これだけ浜田藩に対して早急な裁定が下されたのは理由があった。
一つは出石藩における御家騒動、いわゆる仙石騒動である。藩主仙石政美の死後、支流の家老仙石左京が主家の乗っ取りを計画した事件である。この事件は天領生駒銀山や南町奉行所を巻き込んだ騒動になり、公事方勘定奉行脇坂安董《わきさかやすただ》が天保六年（一八三五）十二月に裁定を下した。首謀者である仙石左京を獄門に処した上で、藩主仙石久利の知行を五万八千石から三万石に削ることとなった。当時の幕府老中首座であった松平康任は、一連の騒動に関連して仙石左京より賄賂を受け取って便宜を図っていた事が判明し老中を解任されていた。

そしてもう一つは、竹島事件発覚の契機となった薩摩藩の密輪事件である。この事件は天保十年（一八三九）に裁定が下されたが、処罰されたのは新潟の商人が主で、薩摩藩関係者は全く処罰されなかった。これは幕府中枢が薩摩藩の実力を恐れて手が出せなかったためだ。そこで幕府としては親藩松平家でさえ鎖国令を破り密輪を行えば厳しい処罰が科せられるという姿勢を示し、薩摩藩にある種の譲歩を引き出すための材料にしたかったのではなかろうか。しかも、幕府中枢の力関係において、前年に老中筆頭から引きずり下ろされていた松平康任は、現政権にとって守るべき価値はない。ある意味、容易に処罰が可能だった。

浜田藩にとっては仙石騒動と竹島事件、幕府を揺るがすほどの二つの事件にほぼ同時に遭遇することとなった。さらにその裁定には幕府中枢での権力争いが絡んでおり、領民にとっては何をもって藩主が処罰を受けたのか、理解できない状況にあった。

その日、長浜の湊には大勢の人が集まっていた。新造船の進水式が行われたのだ。その様子を六助と太一、二人の男が遠くから眺めている。

太一は篝屋を再び興すことはなく、六助らが建造していた五〇〇石の北前船は、別の廻船商人が買い取ることとなった。

人々が歓声を上げる中、北前船は海へと乗り入れ水飛沫を上げた。皆の期待どおり、船は海上に勇姿を示し、六助ら船大工の腕の確かさが示された。

「いい船だな」

「そりゃあそうだ。俺らが丹精込めて造りあげた船だからな」

二人の表情にも声にも喜びはない。ただ、目の前にある光景を、淡々と認めている だけだ。帆が大きく拡げられ、風をはらんで弧を描く。船脚は少しずつ増して、沖へと向けて進路を正した。

「いい風だな」

「ああ。これなら旦那様も喜んでくださるだろう」

この先、船は日本海の大海原を東西に奔り、石見の産物を全国に届けるのだろう。その船の活躍が会津屋八右衛門の願いであることは、六助と太一、二人が知っていればば十分であった。

天保七年（一八三六）十二月、松井松平家は浜田藩を去り、その後任として越智松平家が上野国館林藩より六万一千石の禄高で移封することとなった。浜田藩領民にとっては、四回目の主家変転であった。

謎の会津屋八右衛門

会津屋八右衛門という人物は、地元である浜田の方々にはよく知られた存在なのですが、浜田を離れると知っている人はほとんど見かけないという、いわゆる郷土の偉人です。しかし彼は、仙石事件、大塩平八郎の乱とならび天保三大事件に数えられた竹島事件の首謀者として、当時は日本中に広く知られた人物でした。

その会津屋八右衛門についての解説は、浜田市史や観光パンフレットなどにも記載されているのですが、その内容はなかなかの謎です。少しばかりあげてみます。

①船頭をしていた父清助が難破漂流してオランダ船に助けられ、南洋（南半球）を廻って帰ってきた話を切っ掛けに密貿易を思いついた。

②当時財政難であった浜田藩のために会津屋八右衛門が密貿易を提案した。

③竹島（現在の鬱陵島）から鮑などの海産物やケヤキ、松などの森林資源を持ち帰った。

④朝鮮や南蛮と密貿易を行った。さらにスマトラやジャワ島まで行き東南アジアと貿易を行った。

⑤密貿易により浜田藩の財政は潤った。

⑥間宮林蔵が下府で材木を見つけて密貿易を疑った。

⑦竹島事件発覚により、会津屋八右衛門は死罪、家老岡田頼母は切腹、藩主松平康任は永蟄居となった。

⑧会津屋八右衛門は地域経済を潤した偉人として地域住民に愛されており、昭和十年に松原自治協会によって『會津屋八右衛門氏頌徳碑』が建立された。

⑨屋号は本来は今津屋であったが、『八右衛門氏頌徳碑』に会津屋と記されたため『会津屋八右衛門』の名で親しまれている。

中には真偽不明と注釈のあるものもありますが、ざっと見渡して波瀾万丈ですね。

ただ、④のように東南アジアまで行って密貿易してきたというのは、鎖国時代の北前船の技術や情報量、湊の状況を考えると無理がありすぎと思います。また③④とあり、藩財政が潤ったのは竹島の産物なのか密貿易なのかちょっと分かりません。⑥で木材の話が出てくるので、竹島から林産物を入手していたことは間違いないと思いますが。密貿易で入手した品（外国産品）を何処で販売したのか、も説明がないので謎です。浜田湊で突然外国産品が大量に販売されれば密貿易もバレバレですね。それに③で鮑やケヤキなどの資源を持ち帰ったと簡単に書いてありますが、会津屋の船乗りが未開の島に乗り込んで大木を切り出したり漁を行ったりできるでしょうか。とても効率は悪そうです。

そして一番大きな謎は、密貿易で浜田藩の財政難を解消させた会津屋八右衛門が顕彰碑を建てるくらい地元住民から愛されている、ということです。浜田藩が領民に重税を課していて密貿易のおかげでこれが軽減された、という事でもあれば分かりますが、そういう記録はありません。

例えば、こっそりと違法な金儲けをした人が藩（現代で言えば国）にお金を寄付した時に、地元住民に讃えられるでしょうか？　勿論、表沙汰にできないお金なので寄付も内密にするしかないわけです。それでも、事件発覚後に全てが分かり「いつも威張っている幕府に逆らってまで郷土のために尽くした。よくやった」となれば人気も出そうですが。

ということで、これらの謎について調べるうちに本書の会津屋八右衛門は一般に知られている姿と少し違う形になりました。

最後に、⑨の屋号は会津屋なのか今津屋なのか？　についてですが、やはり地元の方々が『会津屋』と呼んでいることから会津屋が元々の屋号なのではないかと思います。

幕府としては、今後も鎖国令を徹底させるために、天保三大事件として大々的に『竹島事件』の顛末を日本全国に知らせる必要がありました。その際に幕令に逆らったお尋ね者として『会津屋』の名を広めると親類縁者に類が及ぶため、幕府の役人がわざと『今津屋』と間違えて記載した、という説もあるようです。

『八右衛門氏頌徳碑』の書は、当時内閣総理大臣であった岡田啓介が筆を手にしています。「本来は今津屋であったが、間違えて『八右衛門氏頌徳碑』に会津屋と書したため、以後、会津屋八右衛門と呼ぶようになった」という説もありますが、さすがに当時の総理大臣が間違えるというのもどうかと思います。幕府の記録には『今津屋』と記載されていても地元の人々がずっと『会津屋八右衛門』を覚えており、『八右衛門氏頌徳碑』を建立する際に『会津屋』に戻したというのが、ロマンがあって良いと思うのですがいかがでしょうか。

松原湾を見おろす鰯山岩頭に立つ会津屋八右衛門顕彰碑
顕彰碑の背後は松原湾と浜田城

浜田城と松原湾
浜田城のすぐ側に北前船の寄港地として栄えた松原湾がある

第五章　扇原関門の戦い

（石州口の合戦　一）

岸静江

慶応二年（一八六六）五月。

ここ数日はうららかな日和が続いている。

浜田城はその天守の鮮やかな白肌を、赤褐色の甍を、青空を背に輝いている。それは治政の安定を、藩主の雄大さを表している。天守を支える石垣は、藩士、領民達の結束の頑強さを示すように聳えているようだ。城の両側に造られた湊には白帆を畳んだ大船が幾艘も並び、北前船の寄港地としての活況さを醸し出していた。毎日、変わらぬ浜田城下の日常光景であった。

だが、その日常の中に、非日常的な光景が僅かに混じっていた。

人通りが常にも増して多い。見慣れない顔が多く行き交い、中には明らかに他国の者が混じっている。皆、浮ついているように、落ち着きなく、せかせかと足早に何処かに急いでいる。近隣の村人が露天で物を売っており、腕っ節だけが自慢の荒くれ者共がたむろしている。他藩の侍が旅篭屋に溢れていた。街路を歩く苛立った大男が、肩がぶつかった町民を押しのける。その姿に町民は恐れ、不安を募らせていた。

浜田城下は静かに緊迫の一途を辿ろうとしていた。

一人の浜田藩士が城下を駆けていた。その藩士に向けて、若い男が声を掛ける。

「岸殿、岸静江殿ではありませんか。お急ぎでどちらまで」

「おお、与助か。久しぶりに顔を見るが、息災でなによりのこと」

浜田藩士、岸静江は足を止め、人懐っこい笑顔で振り返った。三十歳を壮年と表現するには若いが、この年の五月、父源太夫が隠居したため岸家の当主となった。岸家は浜田藩を治める松平家の譜代の家臣ではあったが家は貧しく、浜田城下の市井の者との交流もあった。

与助は岸の元へ駆け寄ると歩速を落とし、二人並んで歩き始めた。

「町で会うのは久しぶりですが、また、遠くまでお出掛けでしたか？」

かつて幼い頃の岸静江は文武に優秀であり将来有望であることから、藩の勧めで江戸に遊学したことがある。

「いや、家のこと、藩のこと、色々と煩雑でな。……そうだ。歩きながらでいい。少し話をさせて貰えないか」

「もちろん、俺も岸殿に話を聞きたくて声をかけたんです」

与助は岸静江の耳元に顔を近づけて、小声で聞く。

「今の藩の状況はどうなってるんです？　戦が起こるなんて言う輩も多く、噂ではここ浜田が戦場になるなんていう……本当なんで？」

「そう、そのことだ。そのことで、我は殿からある重要な命を預かっている」

ここで言う殿とは越智松平家の浜田藩主として四代目にあたる松平武聰《たけあきら》のことである。浜田藩は、古田家、松井松平家、本多家、松井松平家、越智松平家と入れ替わっているため、浜田藩の藩主としては十八代目にあたる。

「そこでお主、この頃仕事は順調か」

「そりゃあ、まあ、贅沢はできませんが、食うに困るようなことはありませんよ」

与助は虚勢を張って胸を反らした。

「もし、当面外せないような仕事がなければ……、これから益田まで付いてきてくれぬか」

「益田、ですか？」

「それであれば、道々、ゆるりと話もできよう。お主に頼みたいこともあるしな」

見れば岸静江は簡易ながら旅装である。与助は驚いて目をしばたいた。

「そりゃあ、岸殿の頼みであれば断れませんが……。いいでしょう。今は急ぎの仕事もありませんし、益田までお供させていただきますよ」

与助の父親は地曳き網の漁師だ。ただ、地曳き網とは地元の有力者が不定期に人を集めて行う漁法であり、地曳き網の漁師という定職は存在しない。つまり与助の父は、時々力仕事に雇われて日銭を稼ぐのみであり、家の生活は苦しかった。だから与助も早くに家を出て、浜田の町中で日銭を稼いで暮らしている。『何でも申しつけ候』と銘打って、頼まれれば何でも請け負っている。多いのは荷運びだ。湊での船荷の積み卸しも多いが、手紙や手荷物のようなものを知り合いに運ぶ、というような仕事もある。城下町では『町飛脚の与助』と呼ばれ、足の速さと真面目な人柄に信頼があった。

益田まで足を伸ばすならば食い物を調達するか、と二人は与助のなじみの茶屋へと向かう。

「よう、あやめちゃん。店、やってるかい」

「あら、与助さんじゃないですか。こんな時間に珍しい。何かお仕事で」

茶屋は街道に面した小さな店だ。路に長椅子を並べて、お茶と団子や餅など簡単な食べ物を出す。店は父娘で切り盛りしており、与助は何かとこの茶屋に足を運ぶ。看板娘のあやめの容姿は童顔で十人並み。だが小さな身体で、てきぱきと働く姿は小動物のように愛らしい。そしてふっくらとした紅い頬から零れるような笑顔を見ると、与助の頬も思わず緩む。

「ん、仕事っていや仕事だな。ほらこちら藩士の岸静江殿だ。このお人から依頼が来てよ。ちょっと大きな仕事になりそうなんだ」

藩士と共に並んで立っていることをさりげなく自慢する。

「それでちょっくら益田まで出掛けてくる事になったのさ。歩きながら食えるもの、見繕ってくれないか」

「へぇ～、それは凄いわね。お侍さんと一緒に仕事なんて。それじゃ準備するからちょっと待っててね」

茶屋の主人は餅を蒸し直し、娘は茶を竹水筒に注ぐ。これに饅頭などを加えて手際よく包まれた荷を、あやめは与助に手渡した。

「いつも贔屓《ひいき》にしてもらってありがとね」

代わりに与助は代金を手渡す。予め岸静江から渡されていたものだ。それを受け取りながら、あやめは与助に顔を寄せる。

「ねえ、与助さん。何か大変なことになってるみたいだけど、何か知ってる？」

内容はともかく、耳元で囁かれると嬉しくなる。

そうだなぁ、と少しだけ気を揉ませて、心配するあやめの表情を眺める。

「そんなに大事にはならないって。戦になるって騒いでいるやつらは無責任な奴ばかりさ。人が困ってるのを見て喜んでるだけさ。だからあやめちゃんはいつも通りの笑顔で仕事を頑張っていればいい。心配なんてするだけ無駄さ」

じゃあまたな、と手を振って与助と岸静江は茶屋を後にした。それでも不安そうな顔で、あやめは店先で手を振ってくれた。

「いい娘だな」

ああ、と与助は照れくさそうに応える。二人は足早に街路を進み、城下町から出る。山陰道の街道は主要な街道の一つとは言え、浜田から西に向かう道は険しい山越えの道も多い。商人が荷を運ぶのはもっぱら船であるから、街道の人通りは少ない。そこでようやく、岸静江が口を開いた。

「さて、今の浜田藩、いや、日本国の置かれている状況は複雑だ。お主には何処から話をすればいいか……」

「なんだよ、俺だって文字が読めればかわら版だって読む。飯屋に行けば噂話だって耳にする。だが、それらが全部本当の事とは限らない、って事だって知っているさ」

与助は口をとがらせて抗議する。

「いや、すまない。そういう意味ではない。お主がものを知らない、などと言うつもりはないし、思ってもおらぬ。ただ、今、藩の置かれた状況を正確に説明できるものが果たしてこの藩に、いや、日本国中にだっておるものか」

「はぁ」

「それだけ、現状は混乱しているのだよ」

二人が歩く街道には他に人影もない。

「江戸の黒船の話は知っておるな」

当然、と与助は胸を張る。

「ペリーとかいうアメリカの使者が江戸湾に乗り込んで開国を要求したって話だろう」

嘉永六年（一八五三）六月三日、ペリー率いる黒船四隻が浦賀沖に現れた。合衆国大統領の親書を渡すことが目的だったが、事実上の開国要求である。翌安政元年（一八五四）幕府は日米和親条約を締結した。

「それまでにも、北前船の湊にはロシアとかイギリスとか、外国船の話なんて腐るほどあったから今さらって感じではあったけどな」

「そうだな。だがペリーは明確に期限を区切って回答を要求した。それまで外国からの要求を、言を左右にかわしてきた幕府だが、この時だけは開国を受け入れる事になった。これによって鎖国政策は事実上も、形式上でも破綻したのだ。問題はその前後、幕府は今後の方針を定めることができず、国内に向けて広く意見を募集していた。それが今の混乱に大きな影響を及ぼしているのだ」

当時の江戸幕府の老中、阿部《あべ》正弘《まさひろ》は種々の外交問題に解決策を見出せず、開国の是非について諸大名や儒者のみでなく、市井の民にまで意見を募集した。

「それによって、この国の民は自分自身で考えて意見を述べ、この先のあり方を選ぶことができる、ということを知ったのだ。だが、それは諸刃の剣だ」

「どういうことなんだ」

「多くの人々が自分の意見を唱えるということは議論百出、様々な意見が乱立することだ。それを一つにまとめるだけの力が幕府にあれば良かったのだが……」

「結果は惨憺たるありさまだったたな」

いわゆる幕末には、尊皇、攘夷、開国、倒幕、佐幕、さまざまな考えを持つ人々が己の主義を主張し、互いに争い、歴史を刻んできた。

「そう、そこで長州藩だ。彼らは徹底的に攘夷を叫び、文久三年（一八六三）には馬関海峡（下関海峡）に砲台を設置し外国船に砲撃を行った」

「俺も知ってる。馬関戦争ってやつだろう。結局長州藩は外国の軍艦にコテンパンにやられたっていう」

長州藩が暴走した形で関門海峡を封鎖して海外の軍監に砲撃を加えた戦争であったが、長州藩は敗北。実際に戦ったのは長州藩であったが、国家間での戦争ということで最終的には幕府が諸外国へ賠償金を支払うという形で決着している。幕府も長州藩も、現時点では外国に戦争で勝つことはできない、と思い知らされた出来事であった。この後、両者とも鎖国よりも開国へ、洋学や洋式戦術の導入へと向かっていくこととなる。

「自分自身が己の事、将来のこと、自分が何をすべきか。自分が属する国のことを考えること、それを他者に説くことは悪いことではない。だがそれは同時に、自分とは異なる他人の考えを受け入れることも必要になるだろう。今、我が国にはそれが欠けておる」

「それでこの有様って訳だな」

「そうだ。長州藩はそれでも攘夷を叫び続けた。そして禁門の変だ」

京都の政局から追い出された長州藩は局面の一挙打開を図り、元治元年（一八六四）七月十八日、兵を御所に向かわせた。そこで幕府側として京都護衛にあたっていた薩摩藩、会津藩と蛤御門前で激戦、長州藩は惨敗した。

「これによって長州藩は朝敵となり、幕府主導の下、長州征伐が行われたのだ」

「長州征伐……、確か合戦は行われなかったんだよな」

「そうだ。長州藩では保守派が主流となり、幕府軍が国境に兵を集めたところで長州は降伏した。だが、それでも納得できなかった男達がいた。武士階級の無能さに嫌気がさし、民衆を率いて反乱を起こした。その一人が高杉晋作という人物だ」

二人は街道脇の木陰に腰を下ろし、水筒に口を付ける。

「高杉晋作は藩政に参画しない武士や庶民を集めた奇兵隊を創設し、これを率いて藩に対して挙兵、長州藩は内乱状態となった。慶応元年（一八六五）、高杉晋作らは内乱に勝利し長州藩の主導権は倒幕派が握ったのだ」

「なるほど、それが諸刃の剣って訳か。自分自身が将来のことを考えることは正しいこと。けれども自分の考えを戦まで起こして押し通すことは世間にとって害悪だ。なまじ自分が正しいと思っている分、たちが悪いな」

「まあ、そういうことだ。長州藩は攘夷倒幕を唱え、再び幕府に反抗する。そして幕府は再び長州征伐を発令する、という噂がある。今、浜田城下に集まっている他藩の藩士はその噂を確かめるために、いざ合戦にかり出されたときのための下調べに派遣された者達だ」

あの連中はそういう輩か、と与助は浜田城下で見た男達の横柄な態度を思い返す。

「そうした情勢下で、自分には重大な使命が我が殿から下されたのだ」

ほう、と与助は興味深く声を挙げた。

「岸殿は以前より殿の覚え目出度いと聞く。それに家を継いだばかりといえば、そりゃあ、重要な指令が下されたんだろうな」

「そうだ。自分が受け取った指令とは、扇原関門の守備隊長さ」

「そりゃあ、また……」

扇原関門とは益田にある浜田藩と津和野藩の境にある関だ。長州藩と浜田藩は直には接しておらず、必ず津和野藩を経由することとなる。それはすなわち、長州征伐の戦が起これば最前線になる、ということだ。

「そりゃあ、本当に大役じゃねぇかよ。さすがは岸静江殿。あんたなら神楽の主役にだってなれるさ」

「……それは、面白い褒め言葉だな。だが、事はそう簡単ではないのだ」

「どういうことさ、そりゃあ」

国境を預かる関所の隊長と言えば大出世のはず。与助は自分の事のように岸静江の出世を喜んだのだが、逆に、岸静江の意気は消沈していく。

「まあ、着けば分かる」

以後の旅程は言葉少なに、当たり障りのない会話を続け、翌日午後になって、二人は扇原関門へと到着した。

　扇原関門は益田市街から南へ、まっすぐ津和野藩へと続く峠越えの街道に築かれた関所である。街道の両側に山肌が迫る。谷底の街道。緩やかに続く上り坂を登り切ると、そこが峠越えの頂上であった。やはり両側に山肌が迫っているが、その周囲だけ切り拓かれた広場になっており、簡素ではあるが番所らしき建物がある。最奥には、大きな門が設えてあり、門扉は大きく開かれている。益田と津和野とを結ぶ街道であるのだから、常であれば人の往来は多いはずである。が、今はただ、浜田藩士達が緊張の面持ちで佇んでいるばかりである。

「なんだか活気がねえな」

　それが与助の第一印象である。

「暫くここで待っていてくれ」

　そう言い捨てた岸静江が番所へと入る。一庶民である与助にとっては居心地が悪いが、関所を守る藩士達の奇妙なものを見る視線を避けつつ木陰に寄って、空を見上げる。五月のうららかな日和が眠気を誘う。

「今頃、あやめちゃんはどうしてるかな」

そんなことをボンヤリと思っていると、周囲が急に慌ただしくなった。見れば、門前にいた藩士さえも番所に押しかけ、中で何か話し合っているようだ。暫く、あれやこれやと意見を交わしている様子であったが、やがて藩士達がぞろぞろと出てくる。

「何の話をしていたんだ？」

与助が首を傾げていると、遅れて出てきた岸静江に手招きされた。

「引き継ぎは済んだ。これからこの関の守備隊長は自分になる。与助。すまぬが私を手伝ってくれぬか」

「いや、まあ。一応、そのつもりでここまで来たんだが」

「そうか。いや、そうだったな。だが、この話を聞いてもお主は協力してくれるか」

「何を？」

「今、この時より、ここ扇原関門を守る兵は我と与助、二人だけだ」

「はぁ？」

与助は自分でも思いもよらないほど素っ頓狂な声をあげた。

「二人って、ここを？　だって、ほら、ここは国境の関所なんだろ。それが何で。しかも俺なんか刀も握ったことのない町民なんだぞ」

「もちろん、もちろんだ。実際にはもう少し兵は増やす。だが、それも正式な藩士や侍でなく、近隣の農民を集めた兵になる予定だ」

与助は岸静江の言った言葉を理解できなかった。大事な国境の関所を農民兵が守る？　それも、もしかすると戦が起こるかもしれないという情勢下で？　与助は顔中に疑問符を浮かべたまま、眼前の藩士の顔を見上げた。彼の背後で、それまで関所にいた藩士達が荷造りを始めている。彼らがここから立ち去ろうとしているのは明らかだった。

「お主の疑問はもっともだ。そうだな、説明すると長くなるが……」

先の長州征伐においても浜田藩には他藩の兵が入り、長州藩へ攻め込む姿勢を見せた。結果、それだけで長州藩上層部は怯み、合戦は回避された。しかし新たに実権を握った高杉晋作らは積極的な攻勢を示している。したがって浜田藩に兵を集める前に、長州藩の軍が浜田藩に押し寄せるかもしれない。その時、浜田藩は長州藩の攻撃を支えられるだろうか。

「正直なところ厳しいというのが殿のお考えだ」

長州藩は最新式のミニエー銃を海外から購入し、洋式戦術を取り入れているという。それに比べて浜田藩などは、長州藩の動きを聞いた後に外国の商人と交渉を始める始末である。現在、藩を治めている越智松平家は浜田の地へと入封して三十年に届かない。治政は十分でなく、蔵に蓄えも少ない。それでも、ようやく一世代前のゲベール銃は手に入れているがその数も少なく、洋式戦術の導入には全く至っていない。

「そこで注目すべきは津和野藩だ」

津和野藩は浜田藩と長州藩の間にある。津和野藩が幕府側に付くか長州藩側に付くか。それによって、浜田藩が矢面に立たされるか否かが決まる。

「我が浜田藩は親藩松平家、武聡公が長州側に付かれることはあり得ぬ。津和野藩が長州側に付く、もしくは中立となれば、我が浜田藩が最前線となる。したがって、津和野藩の帰趨《きすう》が大きな影響を及ぼすことになる」

「津和野藩が幕府側に付けば津和野藩が長州藩と戦っている間に軍備を整えることができる、ってことか」

「そうだ。だからこそ津和野藩には親善を保ちつつ、長州藩の攻勢に備えなければならないのだ」

長州藩から浜田藩へと進軍する。その経路は二つ。一つは津和野城下を通過して横田から扇原関門を抜けて益田市街へと侵入する路。もう一つは海岸沿いに高津から益田川下流を渡って益田市街へと至る路。

「つまり、津和野藩への信頼を示すため扇原関門にそなえる兵は極少数に。その分、高津を経由する長州藩に備えて益田市街へ多くの兵を配置することだ」

岸の説明に、なるほど、と与助も頷く。だからといって国境の関所に藩士一人に農民兵というのはやり過ぎな気もするが、一人でも多くの兵を益田市街に集めるという考えは分からぬでもない。

「ってことは、ここ扇原関門での岸殿の仕事というのは……」

「そうだ。決して長州藩と戦をすることではない。津和野藩を幕府側に引き留めるため、彼らの信頼を得るために、少ない人数で常と変わらぬ関所としての働きをすることだ」

「なるほど、うん。それならば俺にも手伝えることがあるな」

ああ、と岸静江は朗らかに笑む。

「まずは与助。お主には益田の番所への使いとなってもらう。ここ扇原関門で農民兵を募集すること、その辻札を立ててもらうよう伝言を認《したた》めている。これを運んで貰おう」

「そういうことなら俺の得意分野さ。早速、行ってやるぜ」

与助は用意していた手紙を受け取ると、早速出立した。やる気に漲った背中を目にして、小さくなるまで見送って、岸静江は小さく息を吐いた。

「与助殿、すまぬな。おそらく、お主には辛い役目を負ってもらうこととなる」


その後の情勢の移り変わりは激しかった。

慶応二年（一八六六）六月七日。時の将軍、徳川家茂が第二次長州征伐を命令した。

同日、浜田藩中老、片岡光暉《こうき》が一番手隊長として兵四三二を率いて進発。さらに十六日、二番手隊長として、家老松倉丹後が兵三〇〇を率いて浜田を発つ。これには幕府軍監三枝刑部などが同行した。さらには福山藩の統帥として家老内藤覚右衛門が兵七五〇を率いて進発。浜田藩、福山藩の両軍は六月十七日には益田市街に到着し、萬福寺と医光寺、勝達寺に布陣した。

幕府側のこの動きに対して、長州藩は大村益次郎率いる長州軍一二〇〇が隊を二手に分けて益田へと迫っていた。滝弥太郎が率いる一隊は兵四〇〇で海岸線沿いに進軍し、高津を経由して高津川左岸へと迫った。この動きの速さに動揺した浜田藩は慌てて益田市街の住民を避難させている。そして本隊は杉孫七郎が兵八〇〇を率い、大村益次郎自身が参謀として随行していた。本隊は横田を通過して浜田藩、益田を目指していた。長州藩は予め津和野藩へ中立を要請する使者を出している。長州藩の要請に、津和野藩主、亀井茲監《これみ》は幕府が目付として派遣した長谷川久三郎を長州藩に引き渡して中立の立場を取り、長州軍の通過を許している。これによって杉孫七郎の本隊は津和野藩の妨害を受ける事なく進軍し、益田へと向かい進軍した。そしてその目前に扇原関門が迫っていた。

「やはり、頼まざるものに頼ることであったか」

一通の書状を手にして、岸静江は肩を落とした。その様子を見て与助は声を掛ける。

「うん、岸殿、その書状には何と書いてあったんだ」

書状は益田の陣所より送られてきたものだ。運んできたのは与助だ。関所の農民兵の中でも最も若い与助は武器を手にして関所を守る役割ではなく、扇原関門と浜田藩の各陣所との連絡係といった役回りを請けている。

「そうだな。お主だけでなく、皆にも話さねばなるまい。与助よ。この関にいる者、全員を集めてくれぬか」

「ああ……、分かった」

岸静江の落胆した様子が気にはなったが、背を向けて扇原関門の番所と休憩所にいる農民兵達を呼びに走った。

農民兵の全員が集まったところで、皆の視線を受けて、この関所でただ一人の藩士である岸静江は重く、口を開いた。

「津和野藩は長州側に付いた。ここ扇原関門には、現在、長州藩が迫っている」

どよ、と人垣の空気がどよめいた。

「つまり、扇原関門はこれから浜田藩と長州藩、その雌雄を決する戦場になるということだ」

農民兵達は大きく動揺した。与助も同じだった。自分たちは、津和野藩を味方に引き込むために、この少人数で関の守りについていたのではなかったか。しかし、その目的は達せられず、新たな、そして危険な場面に直面している。

「ここ、扇原関門に向かってくる長州藩は約八〇〇。ここにいる兵は二〇に満たぬし、戦など経験もしたことのない農民兵ばかりだ」

岸静江は居並んだ男達の表情を見渡す。皆、不安に顔色は暗い。関門の主である藩士が何を命令するか、それだけに集中していた。だからこそ、岸静江はことさらゆっくりと、明確に言葉を続けた。

「したがって、今、この時をもって皆へ依頼した関門の守護の役割は終了とする。これまでの給金は後日渡すゆえ、速やかに解散しここより離れるがよい」

「……」

居並んだ男達は、そして与助も、岸静江の言葉に応じることができなかった。敵が迫っている眼前での解散、すなわち逃げてもよいなどと言われるとは僅かにも考えていなかった。

「岸殿……、その言葉に嘘偽りはありませぬか」

「私どもはてっきり、関を死守せよとの命が下るとばかり……」

信じられぬ思いで、不安を口にする。その様子を見て、岸静江はあえて豪気に笑って見せた。

「ふっ、はははっ。この期に及んで関の死守になど何の意味があろうか。ほれ、たかだか二〇の兵、そしてお主らの顔を見れば、ここ扇原関門を守り切ることなど不可能だと知れようよ。ただ骸を二〇ばかり並べるだけなら、さっさと逃げた方がましだ。皆も、こんなところで死にたくはあるまい」

関門の主将たる岸静江の言葉とは思えなかったが、それは彼らにとっても同じ考えであった。八〇〇対二〇という劣勢、しかもこちらは旧式の火縄銃を持つ農民兵がほとんどだ。この場を守り切れるはずがなかった。

「だから、お主らは気にせずここから離れよ。いつ長州藩が眼前に現れるかわからぬ。兵は拙速を尊ぶというが、何事も決断は早ければ早いほどいいぞ」

居並んだ農民兵達は互いに顔を見合わせ、一人、二人と頭を下げつつその場から去って行った。そして残ったのは岸静江と与助、ただ二人となった。

「どうした与助。お主も早くここより離れる準備をせよ。浜田城下ではあやめ殿がお主の帰りを待ちわびていよう」

「……なんで」

与助は肩を震わせながら岸静江を睨み付けた。

「なんでそんな軽口を叩くんだ！」

与助は不条理を嘆くように叫んだ。

「関が守り切れないから逃げろだと。農民の出だから責任はないだって。本当に、俺たちがそんなこと考えていると思っているのかよ。そりゃあ、俺だって死にたくはない。戦なんて経験はないけれど、恐ろしいものだってのは知ってる。だからといって、岸殿一人をここに置いて行って、それで何も感じないなんてこと。そんなことある訳ないじゃないか！」

「……与助」

「何ができるかじゃない。この先に、どんな悲劇が起こるかじゃない」

与助はまっすぐに見詰めている。

「大事なのは、今、俺が何をしたいかだ。後悔なんて先に立たない。そんなのは爺さんになってから考えればいいことだ。だから俺はあんたと一緒にここに残る。藩のために命を投げだそうとしているあんたのために、何かの役に立ちたいんだ」

叫んだ与助の背後に、いつの間にか人垣ができていた。一度はここから離れた農民兵達だ。少しばかり数は減ったが、十五人は残っている。

「若い者にばかり格好つけられる訳にはいかぬな」

「もらった給金の分、まだ働いていないからな。俺らは義理堅いんだぜ」

「まだ負けるって決まった訳じゃないんだろう。俺らももう少し、岸殿のお役に立ちたいのさ」

笑顔で応える男達に、岸静江の目に光が溢れる。

「お主ら……」

「そういうことだからさ、岸殿。いや、関所を守る大将さんよ。この次はどうすればいいか、命令してくれないか」

「でないと、あんた抜きでも守りを固めてしまうぞ」

言って男達は笑う。一緒に与助も、岸静江も笑った。


八〇〇人という兵の気配は消せるはずもない。

慶応二年（一八六六）六月十六日。扇原関門は見通しの悪い峠道に築かれているが、敵兵の姿を認める前に、彼らの気配は色濃く迫っていた。

峠の街道の道幅は四メートル程。向かって左側は山へと続く登りの傾斜、右側は谷へと下る傾斜だ。木々は疎らで、どちらかといえば竹林が広がり、開けた場所は笹藪となっている。数に任せて攻め寄せるには窮屈な地形であるが、彼我の戦力差にとっては、地形の不利など些末事である。

長州藩は斥候《せっこう》もたてずに扇原関門へと迫った。岸静江と農民兵達は手にそれぞれの武器を持ち、固唾を飲んでそれを待った。農民兵達の手には火縄銃が、岸静江の手には宝蔵院流の十文字槍が握られている。街道の先、両側の木々に隠れるようにして溢れる敵兵の気配を感じながら、岸静江は関門の中央に仁王立ちに待ち受ける。

やがて、長州側から一人の男が姿を現した。彼は武器も持たず、街道を悠然と歩いてきた。

「我らは長州藩の一部隊である。藩主より御所へ申し上げたい議があり、京都へと向かうものである。このこと津和野藩も承諾し、我らの通過を許したところである。我らは貴藩と敵対する意図はなく、ただ、藩の通過を許可して頂きたいのみである。街道においてはできるだけ街道を外れ、貴藩城下は経由しないこと、領民には迷惑を掛けないことを約束する。どうか、この関門の通過を許してもらいたい」

男は朗々と口上する。これに対し、岸静江は手にした十文字槍の石突きを地に穿って応える。

「我らは藩命を受けてこの関門を守る者である。従って正式なる通行手形を持たぬ者を、我の一存で関門の通過を許すことはできない。是非にもとあらば、直ちに浜田本藩へ知らせ判断を仰ぐこととする。しばし待たれよ」

岸静江の口上に対し、長州藩の男は薄く笑って応える。

「我が藩の事情は切迫しておる。己のような悠長な返答は、時代の希求に応えておらぬ。よって、我らはこれより押し通すこととする」

男の返答に、岸静江は密やかに怒った。手にした十文字槍を前方に向けて構え直す。宝蔵院流の型の一つである。

「かかる無法は斥けるべし」

岸静江の声は静かであったが、山間に響いた。それこそが、開戦の合図になったであろう。木立の裏から、繁みの裏から、唐突に発砲音が響いた。

この瞬間、第二次長州征伐、石州口の戦いが開始されたのだった。


扇原関門は防御設備としては不十分である。通常は通行人の手形を確認し、不法に通過する者を取り締まるための施設である。峠の頂上、山の斜面を削って造られた街道の、その両脇は登り下りの斜面である。街道を遮る関こそは頑丈な門扉に遮られているが、その両脇は簡素な柵でしかない。銃撃戦に耐えられそうなのは厚拵えの門扉のみであろう。しかし、その門扉は左右に大きく開いている。門の中央に岸静江は全身を露わにして立ち、左右の門扉の裏に火縄銃を構えた農民兵達が隠れていた。

「岸殿、早くこちらに」

一人の農民兵が声を掛けるが、岸静江は鷹揚《おうよう》に首を振って槍を構える。周囲には銃弾が弾ける音が立て続けに起こるが、彼に当たった銃弾は一つもない。反対に、農民兵達も火縄銃を撃つが、敵に命中した様子もない。

「まだ距離が遠くて当たらないのか？」

浜田藩側の農民兵はそう考えたが、岸静江は違うことが分かっていた。彼らは態と的を外している。街道は屈折しているため彼我の距離は二〇〇メートルほどしかない。農民兵が持つ火縄銃の有効射程距離（狙って当たる距離）は一〇〇メートルだが、長州藩が装備しているミニエー銃の有効射程距離は四〇〇メートルである。当てられぬ筈もない。装備も人数も貧相な浜田藩を侮り、嘲っているのだ。圧倒的な火力の差に恐れをなして逃げる様を笑おうと、その時を待っているのだ。それを知って、岸静江は口の端を僅かに持ち上げて笑う。

「そのような軟弱者は浜田藩にはおらぬ」

岸静江は十文字槍を一振りする。ぶおん、と風が鳴って、一瞬、銃弾の雨が止んだ。

「ではこちらからも仕掛けさせてもらおう」

岸静江は大声を発すると、十文字槍を構えて前進した。たった一人の突撃だ。彼我の距離は二〇〇メートル。もちろん、槍の有効射程距離は二メートル程度だ。どれだけ足速の男であっても、敵が銃弾を放つ前に槍の穂先が敵に届くはずはない。無謀な突撃。それでも岸静江は敢行し、長州兵の動きが止まった。

「うお、おおおおぉぉぉ！」

その怒声に恐れ、怯んだ。だがそれも数瞬のことで、直ぐに返礼のごとく銃弾が放たれた。

「おおっっ！」

岸静江は槍を鋭く振った。一発の弾丸が槍に触れて大きく弾けた。

「なっ、なんだ、あいつは」

十文字槍に弾丸が触れたのは偶然だろう。当たったとは言え、槍捌きで銃弾の軌道が変わることなどありえない。だが、その姿はまるで槍で銃弾を弾き返したように見えた。鉄砲を構えていた長州兵の一部が崩れた。彼らは街道沿いの木立の裏や繁みの中に隠れて、浜田藩士を狙撃していたのだが、それでも恐れをなして後退さったのだ。まだ彼我の距離は一〇〇メートル以上離れていたにもかかわらず、だ。

「おおおおっっ！」

岸静江はさらに詰め寄る。銃の射程距離から見れば、遅々とした歩みではあるが、確実に距離を縮めていた。

その時、狙い澄ました一弾が、くぐもった着弾音を上げた。長州藩隊長である杉孫七郎自身が放った冷静な一撃が、岸静江の脇腹へと命中したのだ。静江は僅かによろめく。彼は戦国時代さながらの大鎧を着込んでいたため、胴丸の表面で弾丸が滑った。だが着弾の衝撃で、息が詰まる。

「おおおおおっっ！」

だが、岸静江は前進も咆吼もやめなかった。一歩、二歩、三歩と進んだところで、再び着弾が集中した。右腕、肩に銃弾が掠め、右太股に命中した。がくりと膝が崩れ、十文字槍に体重を預けて膝立ちに耐えた。

おおっ、と長州側から歓声があがる。

「岸殿！」

扇原関門から悲鳴のような声が上がった。膝をついた岸静江を援護するように火縄銃が火を噴いた。だが、それらの弾丸は長州兵まで届かず、草叢へと消える。

苦痛に耐えながら岸静江は前方を睨み付けるが、足は動かなかった。さらに、左腕に、胸に、着弾する。

「岸殿！　うわぁあぁぁぁっ！」

扇原関門の門扉に隠れる農民兵達は動けなくなった岸静江を認めて、叫び、武器を捨てて逃げ出した。振り返る余裕もなく、ただ逃げ出した。

そしてただ一人、十文字槍を支えにして門前に膝立ちで立ち塞がる岸静江を残し、浜田藩と長州藩の最初の戦場は静まりかえった。

「…………なんだ、あやつはどうなったのだ」

静まりかえった街道に、ただ一人、岸静江が立ち塞がっている。立ち上がるでもなく、倒れるでもなく。ただ街道の中央に立ち塞がっている。そして、長州藩側も、新たに銃身に弾を詰める者はなく、ただその光景を見守っていた。

やがて長州側から一人の男が進み出て、ゆっくりと岸静江へと近づいた。岸静江が動かないことを確認しながら、肩に、そして首に手を当てる。岸静江は膝立ちの姿勢のまま事切れていた。

続いて一人、男が進み出て岸静江の前に立つと深く一礼した。そして岸静江の脇下に肩を入れて立ち上がらせた。

「近隣の住民を呼んでやれ。この男は志士である。丁重に葬ってもらうように手筈せよ」

そう言って、岸静江の骸を家臣達の手に渡した。男は戦場には似つかわしくない、頬のこけた痩せた壮年の男であった。

その様子、一部始終を、与助は関門のさらに後ろの林から隠れて見届けていた。彼の手には岸静江から託された書簡があった。その書簡を益田の陣所に渡すことが、与助に与えられた使命であったが、同時に、彼の意志は岸静江の最後の姿を目に焼き付けることでもあった。

「岸殿……。御立派でございました、……っ」

与助は涙を堪えて、その場に背を向けて走り去った。

慶応二年（一八六六）六月十六日、長州征伐、石州口の戦いの火蓋が扇原関門の地にておいて切って落とされた。対峙した長州藩と浜田藩の戦力比は八〇〇対一。圧倒的な戦力差によって、扇原関門は易々と長州藩に突破された。その中で扇原関門の守備隊長であった岸静江は、長州藩の要請にも威圧にも屈せず、浜田藩の威厳を守り通し、命を落とした。その武士としての誠実さは敵であった長州藩士達も感銘を受けたという。

扇原関門と岸静江

『幕末の遺構』といえば京都か東京あたりを想像するのではないでしょうか？

京都だと二条城や京都御苑、新選組と関わりのある池田屋や壬生寺などが有名です。東京だと江戸城はもちろん、上野公園や台場なども幕末を感じられる遺構が残っています。

それでは石見にはどのような『幕末の遺構』が残っているのでしょうか。

まず一つ目が扇原関門跡です。益田平野の南方、山陰街道で益田市内と津和野藩とを結ぶ要所であり、浜田藩と津和野藩の藩境の関所です。岸静江が長州藩と対峙した扇原関門の戦いが行われた場所です。

扇原関門は現代の道路拡張に巻き込まれておらず、また地元の保存会の活動もあったことから、当時の雰囲気のまま残されています。

実際、西石見グリーンラインという整備された道路沿いに駐車場と標識があり、案内どおりに坂を登っていくと、登り切った場所に少し開けた場所があり、そこに扇原関門跡の標識と、『岸静江戦死の地』という石碑が建立されています。

近世山陰道らしく道幅は広くありませんが、両側に山の斜面が迫っており、木漏れ日を受け、聞こえてくる葉擦れの音の中にいれば、ここが現代だと言うことも忘れてしまうような光景です。

藩境だっただけに、浜田藩の領界を示す標柱と津和野藩の領界を示す標柱の二本の石柱も立てられています（一時は別の場所に置かれていた標柱を移設したものらしいですが）。

扇原関門跡で津和野藩側の街道に向けて長い棒を手に仁王立ちに睨み付けると、当時の岸静江の気分に浸れること請け合いです。

また、近くには岸静江の墓があり、浜田市郷土資料館には岸静江着用籠手などが展示されています。郷土の偉人として、今でも人気の高さが窺われます。

岸静江の墓

扇原関門跡の入り口に立てられている立て札

扇原関門跡を津和野藩側から眺める

扇原関門跡と『岸静江戦死の地』の碑

第六章　益田市街戦

（石州口の合戦　二）

片岡光暉

「まさか、このような速さとは……」

浜田藩中老、片岡光暉《こうき》は驚きと共にその報告を受けた。彼は浜田藩の長州征伐の一番手隊長である。扇原関門からもたらされた知らせを聞いて、改めて危急の事態を理解した。

「岸静江殿は見事な最後であったのだな」

「はい、それはもう。敵に屈するでもなく、藩の威厳を損なうこともなく、壮絶な戦死を遂げられました」

応えるのは与助である。岸静江に託された書状を益田の陣所へと届け、緊張と共に浜田藩の重鎮の前に立っている。

「うむ。お主はよく働いてくれた。改めて礼を言わせてもらおう。だが、このことは他言無用と心得てくれ」

はい、と与助は神妙に頷く。目の前の人物は浜田藩の中老。ただの町民にすぎない与助にとっては、気軽に会うこともできない、雲の上のような人物なのだ。

「陣所で休んでくれて構わぬ。その後は、城下に戻るなり好きにしてよろしい」

はい、と言葉少なに応えて、与助は片岡光暉の前から引き下がった。

与助の退出を気にとめることもなく、片岡光暉は考え込んだ。片岡光暉率いる浜田藩の一番隊がここ益田の萬福寺に到着したのは六月十七日である。そして休む間もなく、与助からの報告を受けた。その報告で扇原関門を突破されたのは六月十六日であるという。ならば、長州藩は既にこちらに向かって進軍していることは間違いない。

「まさか、こちらが守勢に立たされるとは……」

彼ら幕府軍にとってこの戦は、長州征伐である。すなわち恭順を示さない長州藩に対して懲罰を課すために長州藩に侵攻する、というのが基本戦略である。敵は圧倒的な幕府軍に恐れをなし、地の利を得ることのできる藩内で守勢に回るものとばかり考えていた。現に、第一次長州征伐では軍を動かしただけで長州藩は降伏したのだ。

「ここは直ぐにでも内藤覚右衛門殿、江木繁太郎殿と対策を練らねば。幕府軍監の三枝刑部《ぎょうぶ》殿にも話を通しておかねばなるまい」

事は急を要する。長州軍は二手に分かれ、本隊は扇原関門に、そしてもう一隊は高津にいることが分かっている。このままでは挟み撃ちを受ける可能性がある。

「おい、松倉丹後殿を呼んでくれぬか。急ぎ相談せねばならぬことが……」

そう近習の者に声を掛けようとしたところで、足下の地面が弾けた。

「なっ、んだ」

続け様に、二つ、三つと地面が弾けた。

「危ない！」

突然、左手を猛烈な勢いで捕まれた。そのまま身体ごと萬福寺の本堂まで引っ張られた。それと同時に、バラバラと弾丸の雨が降り注いだ。

「なっ、なんだこれは！」

「恐らく長州側から放たれた弾丸でございますよ」

片岡光暉の手を掴んでいたのは、副将の山本半弥であった。彼は槍の名手として、浜田藩一番隊の槍隊を率いている。

「弾丸だと、どこからだ！　発砲音など聞こえなかったぞ」

「物見の兵を出しておりますが、敵兵の動きは掴めておりませぬ。恐らく、相当遠くの高所から放たれているものと思われます」

「高所、だと。まさか……」

「はい、七尾城の上からではないかと」

二人は周囲を警戒しつつ、本堂の庇から身を乗り出して見上げた。益田川の向かいに、屹立するような山がある。比高一〇〇メートルの七尾城だ。そこにはかつて、益田氏が居城としていた山城があった。

「あそこからここまで、鉄砲の弾が届くのか？」

彼我の距離は五〇〇メートル程度であろうか。

「私もまさかとは思いますが。それ以外に考えられる場所がありませぬ。確かに弾の威力を見るに、勢いが削がれております。届くだけで精一杯といった感でありましょうか」

続けてバラバラと霰のように銃弾が降り注いでくるが、その弾は地面を転がっているだけに見える。その光景の中に見慣れぬ形を見つけて、片岡光暉は身をかがめてそれを拾った。

「なんだこれは」

その形状は椎の実に似ていた。手に取ると熱を持っている。重い、鉛の手触りは確かによく見知った銃弾と同じものだ。

「これは敵が放った弾丸なのか？」

それは長州藩が放った弾丸。すなわち、西洋から輸入された最新式の洋式銃、ミニエー銃の弾丸であった。

「我々の弾丸は球状でありますから、随分異なりますな」

長州藩が最新式の洋式銃、ミニエー銃を所持していることは知っていた。それに対抗するように、浜田藩でも洋式銃の購入を急いだが、入手できたのはゲベール銃のみであった。ゲベール銃は先込め式の滑腔砲で、構造的には戦国時代の火縄銃と大きな差はない。弾丸も同じく、球状のものを用いる。しかし、それでも有効射程距離は二〇〇メートルにまで伸びている。

対してミニエー銃は施条（ライフリング）されており、さらに銃弾としてライフル弾を用いている。片岡光暉が見つけた椎の実型の弾丸がこれである。このライフル弾を施条した銃で発射することによって発砲時に旋回運動を与えることができ、ジャイロ効果により弾軸が安定し直進安定性を高めることができる。すなわち飛距離を伸ばしているのではなく、弾道を安定させることにより有効射程距離（狙って当たる距離）を四〇〇メートルにまで伸ばしているのだ。

「確かに、七尾城から放たれているようだな」

片岡光暉は敵が布陣していると考えられる七尾城上に人影の動きを認める。しかし、さすがに距離が離れすぎている。銃弾に威力はほとんど残っておらず、鎧兜を身につけておけば怪我はしないだろう。

「長州藩はどうして……」

それ程効果のない射撃を始めたのか。考え続けて結論にたどり着いた。片岡光暉は慌てて周囲にいた者達を集める。

「長州藩のこれは牽制だ。一時的にでも我らの動きを止めるための。すなわち、今、この瞬間にも敵軍はこちらに向けて迫っておる」

片岡光暉の怒鳴り声に、皆に動揺が走る。

「よいか山本殿。お主は直ぐに兵をまとめて指揮せよ。寺の周囲に銃隊三に対して槍隊二を組ませて、敵を牽制しつつその場を死守せよ。二番隊の松倉丹後殿、福山藩の内藤覚右衛門殿へも伝令を出せ。伝令はそれぞれ三名として、即時戦闘を開始することとその場での守備を徹底させよ。軍監の三枝刑部殿は何処か。私から説明を……」

言いかけて兜の緒を引き締めたところで、発砲音が聞こえた。まだ音は小さい。それでも周囲のいくつかの場所で、地面が、柱が弾けた。その威力は先ほどまでの威嚇射撃とは雲泥の差であった。既に近くに敵兵が接近しているらしい。

「くそっ、もう来たか。伝令は安全を重視して行け。軍監殿への連絡は後だ。山本殿、連動して防衛線を築くぞ」

ははっ、と声が返り、それぞれが兵を率いて敵前へと向かった。

慶応二年（一八六六）六月十七日、石見国は益田市街において、第二次長州征伐の第二幕が開始された。

守備側は浜田藩の一番隊片岡光暉が率いる兵四三〇が萬福寺に、二番隊松倉丹後が率いる兵三五〇が医光寺に、福山藩の内藤覚右衛門が率いる兵七五〇が勝達寺に陣取った。

対する長州藩は軍事指導者でもある大村益次郎が直接率いる兵八〇〇が、幕府軍の戦闘準備が整わぬ前に急襲、三方に兵を配置して一斉苛烈な包囲戦を仕掛けた。

幕府軍の総指揮は福山藩が執っている。勝達寺を本陣とした福山藩の軍師江木繁太郎は、医光寺、勝達寺、萬福寺の三寺は木が生い茂った丘に取り囲まれ、益田川が前面を遮断しているので守りやすく、萬福寺後方の秋葉山からは益田の地が一望に見渡せるため、守りに有利な地であると判じていた。とはいえ浜田藩と福山藩は合計で一六〇〇名を越える兵数であり、三寺の敷地は防御陣を構築することはともかく、隊を編成して敵陣へと繰り出すには広さが不足していた。長州藩の急襲により、想定外に寺内に引き籠もることとなり、初手から劣勢に陥った。

長州藩は七尾城山麓を北上し、隊を三つに分け、益田川を挟んで幕府軍への射撃を開始した。そのうちの一隊は素早く益田川にかかる大橋を渡り、萬福寺門前に向けて西方から迫りつつあった。

長州側から放たれる銃弾が雨霰と降り、風切り音が耳元を過ぎる度に首元を縮こませることになる。門前に築きあげた防御陣地の裏から出ることも、頭を上げて敵陣を見据えることにさえ、恐怖を感じる。

「軍監殿はどちらに？」

浜田藩に幕府より付けられた軍監、三枝刑部は「当面守勢で状況把握を優先とする」という片岡光暉の方針説明に頷いた。それ以後、姿を見ていない。

「軍監殿は福山藩が陣取る勝達寺へと向かわれました」

「……判った」

この度の長州征伐においては、各藩に幕府から軍監が派遣されている。浜田藩には三枝刑部が、福山藩には山岡十兵衛が、そして津和野藩には長谷川久三郎が送られていた。ちなみに、津和野藩に送られた軍監、長谷川久三郎は津和野藩が中立を保つ証として長州藩に引き渡され、以後、第二次長州征伐が終わる八月二十九日まで監禁されている。

「軍監殿は本陣へ、か……。面倒な事だな」

軍監は戦目付とも呼ばれ、戦場における将兵の行動や活躍を記録する目付としての役割と、軍の作戦行動全般を監督することが役割である。今回の長州征伐においては、特に後者の意味合いが強い。長州藩は倒幕を表明している。であるならば、対する幕府も本気で長州を滅ぼすつもりで戦に臨んでいるからだ。その軍監の意向に逆らう事は、浜田藩の行く末にも関わる事となる。

それに加えて浜田藩にとっての問題は、勝達寺、医光寺、萬福寺、それぞれに陣取った部隊との連絡が絶たれていること。そしてもう一つ。

「敵は一体、何処にいるのだ」

戦闘開始後一時間が経過するが、片岡光暉は未だに一人の敵の姿も発見できていないのだ。それでも、敵からの銃弾は足下の地面を弾き、頭上の空を切り、背後の柱を穿つ。苛立ちは増すばかりだ。

長州藩が持つミニエー銃の有効射程距離は四〇〇メートルと長大だという。片岡光暉はその知識を有していたが、それでも実戦での体感は全く別であった。おそらく、片岡が想定している戦場の、さらに外側に敵は陣取り攻撃を仕掛けているのだろう。

「敵が見えなければ打つ手がないではないか」

敵陣の様子が掴めない状態で無闇に兵を繰り出しても、それでは敵を撃破する事は覚束ない。

「ともかく鉄砲隊は射撃を続けよ。牽制で構わぬ。敵は銃撃の切れ目に合わせて切り込んでくるぞ。敵の動きを抑えろ」

寺の畳や板張りを剥ぎ取り、急いで土嚢を積み、簡易の防御陣地の作成には至った。寺の塀は、火災時の類焼を防ぐために漆喰で塗り固めている。そのため銃弾を防ぐ事はできるが、城郭のように狭間《さま》（城内から狙い撃つための銃眼）が備えられている訳ではないから、塀から頭を晒しての危険な射撃姿勢となる。それでも鉄砲隊を並べて撃ち返すしかない。互いに隠れた相手と撃ち合うまま情勢は膠着《こうちゃく》。時間だけが経過していく。

その時、大きな砲撃音が町中に響いた。続く破壊音、大砲による攻撃だ。立て続けに放たれ、片岡光暉のいる萬福寺付近にも落下する。

「大砲か。恐らく、七尾城からの打ち下ろし。……いや」

大砲は逆方向からも、益田の町中からも撃たれている。

「そういえば福山藩も大砲を備えていたか。しかし敵の位置も捉えられず、効果はあるのか」

この時代の大砲は青銅製の鋳式製造であり、ミニエー銃と異なり施条されていない。能力としては戦国時代の大砲と大きな違いがなく命中率は低い。互いの大砲の投入も戦闘の決定力とならず、身動きの取れないまま膠着状態が続いた。

これまで片岡光暉が考えていた戦略とは、街路に鉄砲隊を並べて敵陣に向けて一斉射撃して敵陣を崩す。敵の突入があれば、槍隊が槍衾で防ぐ。鉄砲射撃で敵陣が崩れれば、その隙に隊を前進させて圧迫する、というものだった。

しかし、敵の射撃は止むことがない。ならば、こちらから攻勢に打って出るべきと策を練る。しかし敵陣に向けて攻勢を仕掛けるためには、萬福寺の門前を抜けて隊伍を組む必要がある。だが、門の外には防御陣地を構築する事ができておらず組織的な隊伍を組むことができない。門を兵が抜けた途端、敵の銃弾が進展を阻み、その方針は初手で躓いている。

「せめて味方と連携がとれれば……」

弾丸の風切り音が頭上を通過する。ライフル弾の風切り音は鋭い。浜田藩の将兵にとって初めて聞く音だ。空を斬るような音が耳元にいつまでも残り、その恐怖により頭を抑えられる。身が竦み、自由に動くことができていない。防御陣地の裏を這い、発砲音を頼りに僅かに頭を出して敵を探るが、敵兵を見つけることができない。今は防御陣地で耐えているが、もし敵が左右に回り込んでくると、全滅は必至だ。

「怪我した者は本堂の裏へ退がれ。そこで手当を受けて戦線に復帰せよ。重傷の者は戦闘後に浜田に届けるゆえ、安心して待て」

萬福寺の裏には庭園がある。かの雪舟が造ったという石庭である。本堂は応安七年（一三七四）に建立された由緒あるものであるが、この非常時には気を配る余裕はない。片岡光暉は本堂を盾として、雪舟庭園を救護所として戦闘を継続している。

果てしなく続く射撃戦の中、一発の砲弾が益田市街地へ、長州藩が攻めてきているであろう地区へ落ちた。その場所に続いて紅く炎が上がる。

「まさか、焼玉を使ったのか」

その大砲を放ったのは福山藩だ。見えない敵からの攻撃を止めるために火を放つことにしたのだろう。大砲で放つ鉛玉をあらかじめ炎で炙り高温にしてから放つ事で、着弾地点に火災を引き起こす事ができる。これを焼玉という。

立て続けに、二発三発と家屋を破壊し、砕けた木っ端に火が移る。

「これでは益田の町が燃えて無くなってしまうぞ」

片岡光暉は苛立つ。福山藩を指揮する内藤覚右衛門の策も理解できる。このまま見えない敵から一方的に攻撃を受けるままでは勝機がない。敵陣近くに火を放てば、敵を混乱させることができるだろう。その隙に攻勢に出るか、一度引いて体勢を立て直すか。

「内藤殿にとっては益田の市街よりも藩士の方が大切なのだろうが……」

同じ策を片岡は取ることができない。火災は領民の財産を、生活を奪う。とは言え、このまま手を拱いていては福山藩と長州藩の戦いが拡大し、益田市街の被害が増大してしまう。

「このままでは……、何か策はないか……」

「片岡殿。ここは一つ、博打を打ってみませぬか」

振り返ると声の主、山本半弥が背を低くしてにじり寄ってきた。

「博打、とな」

「はい。槍隊を編成し、こちらから打って出るのです」

「それは……」

無理だろう、と片岡光暉は応える。

「こちらは敵の位置を掴めておらぬ。まだ敵は遠く離れた場所から射撃を行っているのだろう。その状況で突撃などできよう筈もない」

「いえ、敵は思ったよりも接近しております。長州藩は隊を組まず、一人ずつ散らばってこちらに向かっておるようです。屋根の上、辻の角、塀の隙間に一人ずつ身を隠し、接近してきております」

「……なんだと」

それは片岡光暉にとって意外な指摘だった。彼らにとっての戦の常識では最低でも五人が一隊となって互いに助け合って敵と対峙する、というものだったからだ。槍も弓も鉄砲も、兵を一箇所に集めて攻撃を集中させて打撃力を高める、というのが戦国以来の兵法だった。だから自ずと敵を探すのにも敵の集団がいそうな場所を中心に視線が動いていた。

「一人ずつ……、だと。そのような兵法があるのか」

言われて防御陣地から僅かに顔を出して前方を探る。戦場で一人孤立することはとてつもない恐怖であり、兵の逃亡の危険が増す。一軍を預かる指揮官として信じられない運用である。

しばらくの時間がかかったが、確かに敵の姿を見つけた。敵は建物に登り、屋根の向こうから僅かに顔と銃口とをこちらに向けていた。その銃口から破裂音と煙が立ち上り、片岡光暉の脇を掠めた。

「彼らは一射した後、直ぐに隠れて場所を移動しています。こちらから敵の姿を捕らえられなかったのはそのためです」

片倉が認めた敵兵との距離は二〇〇メートルを切っていた。こちらのゲベール銃の有効射程距離に入っている。既にそれだけの距離まで詰められていることに驚愕した。敵が単身で接近していることは信じられないが事実であった。

「それで槍隊の突撃、それが博打……か」

はい、と山本半弥が頷く。

「それでも博打、と言う訳だな」

「このまま銃撃戦を続けても勝ち目はありますまい。ですが、敵は思いの外近づいております。槍隊の突撃が届きさえすれば、戦局を変えることができます」

「届きさえすれば、か。だが、それは無理だろう」

敵が近づいているとはいえ、その距離は二〇〇メートルある。ゲベール銃でも届く距離とはいえ、その距離を槍や刀を手にした兵が、敵の攻撃を受けずに接近することは不可能に思えた。

「いえ。私には策があります。少しばかり槍隊を増やして突撃の許可をいただけませぬか」

山本半弥は片岡光暉へと耳打ちする。その策に、片岡光暉も納得した。

「分かった。ならば突撃の許可を与える。こちらも鉄砲隊を指揮し援護しよう」

はっ、と山本半弥が応え、陣所は慌ただしく動くこととなった。

大村益次郎は周防国吉敷郡鋳銭司村字大村にて村医の長男として生まれた。防府においてシーボルトの弟子である梅田幽斎に医学や蘭学を学び、大坂は緒方洪庵の適塾で学んだ時期もあった。その際に西洋の軍学書を手にする機会があった。その後、高杉晋作らが西洋式兵制を導入し奇兵隊などの軍制改革を着手した時、その指導を大村益次郎に委託したのだった。

大村益次郎は今や、長州藩の軍事を取り仕切る軍師のような立場である。第二次長州征伐は長州藩の視点においては四境戦争と呼ばれる。幕府軍が長州藩へと攻め口として選んだのが大島口、芸州口、小倉口そして石州口の四箇所であったからだ。十万を超えると予想される幕府軍の攻勢が想定され、大村益次郎は武士階級のみでは対応は不可能と考え、農民、町人階級から組織される市民軍を組織した。それ故に長州兵の強弱、熟練度には大きな差があった。四境のうち、重要度が低いと想定された石州口には、最も弱兵とされる兵を割り当てることとなった。その代わりに、軍を指揮するのは軍師である大村益次郎自身があたることとしたのだ。

大村益次郎の指揮する長州藩は兵一二〇〇。石州口に進路を取る幕府軍、その先鋒は浜田藩八〇〇と福山藩七五〇だ。幕府側の兵数が多いが、彼らが益田市街地へ、それも勝達寺、医光寺、萬福寺に入ったという報告を耳にして、大村はすぐさま強襲を選んだ。

「幕府側はこちらの動きを把握しておらぬ。寺院に入るは防御と休養のためだろう。幕府側の兵が多いのだから、戦闘が近いと知っておれば、河土手や山上など兵を展開しやすい場所を選ぶはずだ」

大村益次郎は直ちに一隊を七尾城に登らせて、標高差を活かした打ち下ろしの射撃、砲撃で敵を寺院内に足止めさせた。そして三方向から兵を接近させて、敵を圧迫した。

ただし、兵には敵陣には必要以上に近づかないよう指示してある。射程距離四〇〇メートルのミニエー銃はそのためにある。

最新式の洋式銃であるミニエー銃と洋式戦術。元々、戦に慣れていない市民軍とはいえ、これらを導入した長州藩は旧態依然とした幕府軍に勝利できると、大村は確信している。

ここでいう洋式戦術とは散兵戦術である。

戦国時代の戦術とは騎馬隊、弓隊兵、鉄砲隊、槍隊など兵種毎に部隊を組み、互いに連動させるというものだ。槍隊が方陣を組んで前進し、鉄砲隊が敵陣を狙い撃つ。騎馬隊が迂回攻撃から突入して敵陣を崩していく。敵の動きに合わせて弓隊が牽制し、敵の騎馬隊が接近すれば槍隊が槍衾を組んで侵入を阻み、鉄砲隊が追い打ちで敵兵を減らす。それらの兵種毎の特徴を活かして連動させる事が指揮官の能力であり、各武器の扱いに精通するのが武士階級であった。

これに対し長州藩が取った戦術とは、全ての歩兵にミニエー銃を装備させ、散兵として一人ずつ戦場に散り、各々の判断で射撃、敵を攻撃するというものである。散兵の特性は、圧倒的な防御力である。各自が掩蔽物《えんぺい》に隠れ、敵に見つからないように、敵の銃撃に当たらないように、遠距離射撃を行うためだ。

彼らがその新戦術の訓練において第一に学ぶのはミニエー銃の操作術。銃は取り扱いを誤れば暴発し自分自身に害を及ぼす武器であるから、それを扱う手法は最も重要といえる。そして次に学ぶのは、穴掘りと木登りである。穴掘りとはつまり掩蔽壕《ごう》づくりである。野戦においては、兵は岩陰や木立を掩蔽物として利用するが、その全員が適当な掩蔽物を確保できるわけではない。敵の射撃に遭ったとき何も身を隠す場所が無ければ、まずは地面に伏せることだ。そして次は穴を掘って土を盛り、その裏に潜り込めば防御力は格段に上がる。したがって彼らは、伏せた姿勢のまま素早く穴を掘る技術を会得していた。

そして木登りだ。散兵は広く散らばる必要があることから、戦闘時の行軍は街道を外れて森や山中、崖といった障害物を越えて進むことになる。そのため、崖登りや木登りの技術が必要となる。意外と難しいのは長い棒状のもの、すなわち鉄砲を背負ったまま自然のままの山中を歩くことだ。それが木登りともなれば、木々の梢に鉄砲が引っかかることとなり、素早く登るには慣れが必要である。

その技術は市街戦でも同様に役立つ。地面を掘ることは難しいが家屋や塀の裏に隠れ、屋根に登り、その陰から敵を狙い撃つ。

「意外に敵は耐えているな」

大村益次郎は遠眼鏡を手に敵陣の様子を眺め見る。長州藩の兵は分散しているが、本陣のみは旗を揚げ、太鼓を打ち鳴らして存在感を示している。ただし、敵との距離は十分取っている。

「はい。幕府軍は寺内に陣取りましたが、周囲は丘に囲まれ、塀も強固で、思ったよりも邪魔ですな。敵の動きは封じましたが、隠れて応戦するだけにこちらも手が出せませぬ」

「武器はこちらが優れているはずだが、この場では発揮できておらぬな」

「そうですね。市街戦は障害物が多いため射程距離の長さが有利に働きません。射線を確保するために前進し、結果、敵の射程距離まで接近しておりますな」

長州藩が持つミニエー銃は、浜田藩が持つゲベール銃の二倍の射程距離がある。しかし、市街地での戦いでは、ミニエー銃の持つ四〇〇メートルという長大な射程距離を活かすだけの広さがない。

「ああ。だがこれ以上、こちらからは手出しができぬ。敵が慌てて動くのを待つしかあるまい」

「双方、どれだけ耐えることができるか、の勝負ですか」

「そうだ。忍耐なら、我が長州藩の得意とするところだ」

激烈な鉄砲と大砲の撃ち合い。福山藩の大砲から放たれる焼玉には苦労したが、長州藩の大砲を総動員して撃ち込み、福山藩の大砲を沈黙させることができた。火災は下火になっている。その後の状況は再び停滞している。

「弾薬はまだ保つな」

「はい。このままでも、あと八時間の戦闘継続が可能です」

「うむ」

幕府側が先に動く。大村益次郎はそう推測する。それは戦闘が鉄砲の撃ち合いによる膠着状態となることを、長州藩は想定しており、幕府側は想定していないからだ。

だから、大村は待ち続ける。すなわち幕府側の弾薬不足とそれによる悪足掻きを、だ。

「敵陣に動きがあります。あれは新しい防除陣地？　を、街路に作り始めています」

大村も再び遠眼鏡を手にして敵陣の様子を眺める。確かに寺の門の前に壁のようなものができつつある。

「防御陣地の外の壁となれば馬出でしょうか。こちらに打って出る準備では」

「馬出……いや、違うな」

視界の先で、新しくできた壁が動いた。その動きが次第に速さを増す。こちらに、長州藩本陣に向けて走ってくる。

「敵の突撃だ、壁ごと突入してくるぞ。銅鑼を鳴らせ！　一回だ！」


山本半弥は一〇〇の槍兵を率いて敵陣への突撃を敢行した。敵銃弾の雨霰の中、闇雲に突進した訳ではない。彼は荷車を準備し、そこに寺で集めた畳を積んだ。厚重ねの畳は敵銃弾を防ぎ、それを荷台に積むことで、移動式の防御壁を作り上げたのだ。四台の防御壁。これを先頭に押し出して、続いて槍隊を突入させた。

長州藩からの反撃の銃弾は畳にめり込むだけで、山本の突撃隊は無傷のまま二〇〇メートルの距離を踏破した。

「今だ、かかれぇ！　敵を打ち倒せ！」

「おおおっ」

山本半弥の掛け声に、これまで溜まった鬱憤を晴らすかのような歓声が上がった。防御壁の影から槍を携えた浜田藩士達が飛び出して敵を探す。

至近距離から銃弾が放たれた。銃弾は肩に当たったが角度が浅く、大鎧に弾き返された。山本は銃弾の放たれた方向を見やる。鉄砲を構える男と目が合った。驚愕に見開かれている。たった三メートルの距離。威圧するように叫ぶ。

「うおらあぁぁぁ！」

山本ら浜田藩士は大鎧を着込み短槍と刀を持つ重装歩兵である。対する長州兵は手にする武器こそ最新式で高価なミニエー銃であるが、それ以外の装備は極軽装である。柏餅のような韮山笠をかぶり筒袖にズボンに草鞋という、動きやすさを重視した服装である。防御のための盾も兜も、そして近接戦闘のための小刀さえ持っていない。

「ひぇえええっっっ」

恐怖におののき、逃げだそうとして躓《つまず》き転ぶ長州兵に向けて、山本半弥は無造作に槍を突いた。さらに鉄砲を踏みつけると、金具が壊れる音がして使用不能になった。

「よし、これならいける」

長州兵は驚くほど弱い。呆気ないほどだ。距離さえ詰めてしまえば我が浜田藩士の敵ではない。

「いけ！　続けて突進せよ！」

山本半弥は叫び、だが、そこで足を止めた。呆然と立ち尽くしたと言ってよい。周りにいる浜田藩士達、突撃隊も同様だった。

「なんだ？　何故敵がいないのだ」

周囲に彼ら以外の人影が無かった。

突撃隊が数人の長州兵を倒した。そこまでは良かったが、しかし、それまでだった。再び長州側からの遠距離射撃が始まり、彼らに銃弾が襲いかかる。

「これはどういうことだ」

山本半弥は後退りながら、付近の家屋の陰に身を隠した。

山本半弥がとった戦法は浸透戦術と呼ばれるものである。敵が横隊を組み火力で防衛線を構築した場合、攻撃側がこれを撃破するために用いるものだ。その方法とは敵防衛線の一部に激烈な攻撃を与えて一隊が突破する。そして敵防衛線の裏へと兵を進め、敵防衛戦の内側で乱戦し混乱させる。もしくは背面に兵を展開させて前後から挟み打ちにして敵を壊滅させる、というものだ。敵防衛線を力押しで突破するのであるから相当な犠牲が必要となるが、それでも有効な戦法である、はずであった。

問題は、山本半弥が敵の散兵戦術を完全には理解していなかったことだ。彼らは長大な火力で敵の攻勢を防いでいたが、組織的に防衛線を張っているのではない。ただ分散しているだけだった。したがって、その一部へと突撃し突破しても、混乱させるべき敵陣はそこに存在しない。さらに大村益次郎はこの動きを読んでおり「敵突撃により後退、安全を確保したのち反撃」との命令を出した。軽装備で素早く遁走《とんそう》する長州兵を、重装備の浜田藩士達は追い続けることができなかった。そして体勢を立て直し、再び距離をとった長州兵に狙撃されることとなった。

「くそっ、突撃が浅かったか」

山本半弥は後悔したが、これは仕方のないことだ。荷車を使った移動防御壁の策は敵正面からの射撃を防ぐことは可能だが、側面や後方は隙だらけである。敵陣への突入が深すぎれば、突撃の途中で側面、後方から蜂の巣にされたはずである。

「ともかく、ここは撤退か」

懐から笛を取り出して勢いよく吹く。ピイィィ、と甲高い音が戦場に鳴り響いて、山本が見たものと同様の事態に呆然と立ち尽くしていた浜田藩士達も我に返った。

「撤退だ！　直ちに引け！」

笛を吹きつつ、声高に叫ぶ。その声は各藩士伝いに広がっていく。

「しかし、このまま素直に撤退させてくれるとは思えぬな」

藩士達はそれぞれ家屋の陰に身を潜ませつつ、後退を始めた。だが、その背は長州藩からすれば絶好の的だ。

「こうなれば、殿《しんがり》は隊長たる俺の役目だ」

一呼吸して落ち着くと、戦場の音が素直に耳に入ってきた。敵本陣からは太鼓の音が響いている。一定の拍子で打ち続けているようだ。太鼓の音は少し前にも耳にしたが、今とは拍子が異なっていた。

「そういえば、最前は銅鑼の音が響いていたな」

敵の配置、その進退を思い返し、敵が何のために太鼓を打ち続けており、銅鑼を鳴らしたかを理解した。しかし、今さらこれを伝える手立てはない。山本半弥は足音を消して、敵本陣へ向けて疾走した。

「仕方ない。もうひと暴れしてやろうか」

長州兵にとって逃げ去っていく敵兵を狙撃するのは容易であった。幕府軍からの援護射撃の密度は薄い。長州側の陣に味方である浜田藩士が突入しているため、誤射の危険が高まるからだ。だから長州兵は敵の射撃を気にせず、身を乗り出して鉄砲を構える。敵兵は兜を脱ぎ捨て、路地を走る。時々は家屋に隠れて休み、そしてまた逃げる。その背に照準を合わせたところで、横合いから蹴り飛ばされた。

「うおらあぁぁぁ！　我こそは浜田藩は片岡光暉が率いる第一部隊、その副隊長。山本半弥なるぞ！　お前らの命日は定まった。いざ、尋常に勝負せよ！」

山本半弥は蹴り倒した長州兵を街路の真ん中に投げ飛ばし、踏みつけると声高に叫んだ。当然これに応じる者はいない。逆に嘲笑されているかもしれない。だがそれは誘いだ。路地から突き出された銃口を視界に捉えると身を翻して槍を投擲した。それと同時に、山本は駆けだしている。それまで立っていた場所に、二発三発と着弾して地面が爆ぜた。

ぐぁ、と路地裏であがった悲鳴の前に立つと、槍を引き抜き再び街路へと躍り出た。まさか、戻ってくるとは思わずに後を追っていた長州兵が踏鞴《たたら》を踏んだ。

「うおらあぁぁぁ！」

山本は槍で一突きし、そのまま身をさらして街路を駆けた。殿は敵の注意を引きつけて味方の退却を助けることが目的だから、目立つように暴れ続けねばならない。

「まだまだぁ、うおらあぁぁぁっ！」

続けて二発の銃弾が背後の地面に着弾する。とにかく駆けて狙いを定めさせない。

目の前にいた長州兵が銃口を向けるのを見た。すぐさま槍を投げる。槍は敵兵の太股を傷つけただけで、敵兵からは銃弾が放たれる。とっさに避けたが、弾丸は兜の先に当たり頭蓋を揺らした。脳震盪で視界が揺れ、倒れないまでも足が止まった。それが失敗だった。三発の銃弾が同時に山本半弥の左脇腹と左肩に命中し、衝撃で吹き飛ばされた。幸いに飛ばされた先が路地裏であった、脳震盪と激痛で揺れる視界の中、萎えた手足を駆使して隣家へと這い上がり、そこで気を失った。

「……様、山本様、山本半弥様」

誰かが自分の名を呼んでいる。身体を揺すぶっているようだ。薄く戻った意識の中で、目の前は薄暗く、身体は痺れたように動かない。

「山本半弥様、大丈夫でございますか」

ゆっくりと視界が戻ってくる。薄暗いのは家屋の中にいるせいだ。そして視界の中央には見慣れない若い男の顔。いや、少しばかり前に会ったことのある顔。確か扇原関門から書簡を届けた若者だったはずだ。

「……お主、与助……、とか言ったか。何故ここにいる」

与助は山本半弥の左手を握りしめている。だが、その左手に触れている感触がない。

どうやら鉄砲傷に応急手当てもしてあるようだが、流れ出る血が止まっていない。

「私はただの町民です。だからこそ、逃げ遅れた益田の町民に扮して何かできないかと、後を追ってきておりました」

馬鹿なことを、と言おうとして声にならなかった。既に過ぎたことだ。

「さあ、私に掴まってくださいませ。本陣まで戻りましょう」

「……馬鹿な」

今度は声になった。

「馬鹿なことを言うな。俺の身体はもう動かぬ。お前一人で帰るがよい」

そんな、と若い男は困ったように叫ぶ。

「あなた様まで見捨てて、おめおめと帰ることなどできませぬ」

ああそうか、と男の必死な顔を見て思い出した。この男は扇原関門で岸静江の最後を見取った男であった、と。

「ならば、お前に伝言を託す。本陣へ戻り片岡殿へと伝えてくれ」

最後に自分の言葉を託す相手を前にし、声に力が戻った。

「長州兵の特性と敵の戦法についてだ。これが分かれば打つ手もあろう。必ず伝えてくれ」

与助は唇を噛み締めて無言のまま頷いた。

大村益次郎は本陣を離れ、静けさを取り戻した町並みを歩いていた。浜田藩の突撃隊により少なくない負傷者を出したが、それでも完全に撃退できたことで己の戦術に満足していた。

「ふむ、この辺りだった気がするが」

突然、近くの町家から大きな音が響き、争うような怒鳴り声が聞こえてきた。益次郎はその声の元へと歩みを向ける。

「おいおい、何事だ」

板戸を開くと組み合って転がる男達がいた。一人は長州藩士、本陣付きの己の部下だ。もう一人は若い男、ただの町民に見えた。その二人の脇に、血を流して動かない男の姿があった。先ほど槍隊を率い、殿として暴れていた男だろう。

「その倒れている浜田藩士はさっきまで暴れ廻っていた奴だな。死んでいるのか」

男達の取っ組み合いは長州藩士の勝ちのようだ。馬乗りになって押さえつけたところで、息を整える。

「はあ、はあ。その浜田藩士は息を引き取ったようです。この男が近くにいたので話しを聞こうとしたら……、っ痛え」

若者は藩士の腕に噛みつき、力が緩んだ隙に抜け出そうとした。この野郎、と藩士は叫びつつ手にした鉄砲で強かに打ち付けた。加減ができず、立ち上がりかけていた若者は鉄砲と共に勢いよく飛ばされて炊事場に積まれた鍋や皿を、大音響をたててひっくり返す。

「これはまた、騒々しいな」

「大村様、笑い事じゃありませんよ」

大村益次郎は薄く笑う。長州藩士は噛まれた腕を痛そうに擦りながら起き上がる。

「いや、まあ、その。暴れ廻っていた例の敵兵を追ってきたら妙な奴に会いましてね」

「妙な奴、とは。あやつか」

大村益次郎は畳の上に転がっている山本半弥を見やってから、倒れたままの若者へと視線を巡らせた。

「見たところただの町民ではないか。益田の者か？　どうかしたのか」

「ああ、いや、この男と一緒にいたんで、もしかしたら幕府側の奴かとも思いまして……、捕まえようとしたらこのざまですよ」

益次郎は腕に刻まれた歯形を見て、軽く笑った。

「なんの。武器も持たぬただの町民よ。おおかた逃げ遅れたのだろう。手荒いことをしてすまなかったな。ほら、ここはまだ戦場だ。危ないこともあるのだから、我が藩で保護してやろうか」

「……大村様、それは」

埃にまみれて転がる若者に手を伸ばす。

「なに、この男も平民。我もお主も平民ではないか。何の違いもありはしない」

　益次郎は落ちていた銃を拾う。そして銃身を握り、銃床側を与助に差し出す。その大胆さに、与助も目を見開いた。

「我らも武器を手にして己の信念のために戦っている。平民の世を創るために、だ。どうだ。お前も俺に協力して貰えないかな」

「大村様！」

　部下が慌てて叫ぶ。見知らぬ男に武器である鉄砲を渡すなど、言語道断であろう。だが、鉄砲を取り返そうとする動きを、大村は手で制した。

「どうした、鉄砲を見るのは初めてか？」

　その若者はまじまじと大村益次郎が手にした鉄砲をみやる。目の前の鉄砲と、それを差し出している大村益次郎を見比べながら口を開いた。

「あんた、名は？」

　問われて、益次郎は目を細めて笑った。

「ようやく話してくれたな。俺の名は大村益次郎。一介の町医者だが、何故か今は武士の真似事のようなことをしている」

「町医者……？　平民なのに、武士になって偉くなろうってことか」

「それは違うな。俺は武士になる気はない。そうだな。平民が平民のままで偉くなる。平民が国を正しく導く。正確には違うかもしれないが、まあ、そういった世の中を創りたい。そんなところだ」

「……それが不満でこんなことを？」

「不満？　ふむ、そうだな。言われてみれば不満があったのかもしれぬな。この御時世において武士は頼りない。このままでは他国に蹂躙《じゅうりん》され、我々平民も苦労するばかりだ」

「だから、武士に取って代わるつもりなのか？」

「平民とは国の礎だよ。民あっての国であって、国あっての民ではない。もちろん、武士のための国であろうはずがない。一部の武士や公家が国を動かすのではなく、民が皆の意志でもって国を動かしていくべきだと、俺は思うがね」

「それじゃあ、あんたは皆の意志が、民の意志がこの惨状を選んだって言うのか」

大村益次郎の顔から笑みが消えた。

「町中の人は追い出され、家は戦で焼かれてボロボロになった。力でもって敵を屈服させようとして、鉄砲や槍を持ちだして脅して、……殺して」

「……」

「岸殿も山本殿も、浜田の領民を守ろうとして死んだんだ。お前らが殺したんだ。それでも、お前らの方が正しいなんて、これが民の意志だなんて、どの口が言うんだ！」

「このやろう、やっぱり！」

長州藩士が若者を押さえつけようと飛びかかった。若者は土間の上で転がって避ける。手にした鍋で男の後頭部を強かに打ち据えた。くわぁ〜ん、と甲高い音が響いた。

「俺はあんたの言う事なんて信じない。信じないからな！」

若者は立ち上がって叫ぶと、背を翻した。大村達とは反対側の勝手口の戸を開けて、素早く逃げ出した。

「あいったたた。あの野郎、今度会ったらただじゃおかんぞ」

部下の男が後頭部を擦りながら起き上がった。男が見ると大村益次郎は笑っている。

「大村殿、どうしたんで」

「いや、な」

大村益次郎は部屋に転がったままの遺体を見下ろした。その遺体には生々しい銃創、傷跡が幾つもある。それでも、男の死に顔は和やかだった。そして彼が言っていた岸静江とは、扇原関門で一人立ち塞がった男の名だ。大村益次郎自身が配下に命じて丁重に葬った。

「浜田藩にも民に慕われる男達がいたのだな」

生きているときに会って話をしてみたかった。それが少し残念であった。

「突撃隊、撤退してきます」

報告を聞くまでもなく、戦場を眺めていた片岡光暉は肩を落として息を吐いた。山本半弥の突撃隊は、その突入先であえなく霧散していた。その突撃が成果を成さなかったことは、一時期減少していた長州藩からの圧迫が元に戻ったことで明らかだった。長州藩からの射撃は現在もまだ続いている。いや、それどころか敵からの射撃が強まっている。弾丸は寺内にまで撃ち込まれるほど。それどころか、萬福寺の本堂内にまで弾が届くようになっている。その一弾が、本堂内の柱に穿った。

「これで挽回できねば、もう策はない」

全軍撤退、の案が頭の中を過ぎる。最前受けた報告では弾薬の減りが予想以上に早く、あと一時間も保たない、ということだった。長州藩の弾薬量は分からないが、このような戦局を選んだのであれば、十分な弾薬を準備しているのだろう。

その時、陣所の外が騒がしくなり、その声音が陣幕を押しのけて入ってきた。

「片岡殿、片岡殿。何をぼやぼやしておるのだ」

大音声で陣に乗り込んできたのは幕府軍監の三枝刑部であった。この幕府軍の全軍指揮を執っている福山藩の陣所から戻ってきたようだ。

「三枝殿、でありますか。本陣の様子は如何でしたか」

片岡光暉は、ほっ、と息を吐いた。各陣との連絡は危険を伴う。幕府から派遣された軍監にもしもの事があれば、藩にとっての大事である。

「片岡殿、何をしておる。直ちに撤退だ！」

挨拶も情勢確認もなく、いきなりの命令口調に驚く。ただ戦況は芳しくなく、撤退命令がでる状況であることは理解している。

「撤退、でありますか。して、いつ、どのように撤退しますか」

「何を悠長な。福山藩は既に撤退を始めているぞ！」

「なっ、そんな……」

馬鹿な、と叫びかけて、それだけは抑えた。三枝刑部は幕臣であり、迂闊な対応はできない。それでも、確認すべき事は聞いておかねばならない。

「撤退命令はどちらからですか。福山藩の内藤覚右衛門殿からですか。それとも軍師の江木繁太郎殿の案でありましょうか。その協議は？」

「そのようなもの必要ない。我が福山藩の軍監、山本十兵衛殿と図って決断したのだ」

我らは幕臣だぞ、と叫んで、三枝刑部は当然とばかりに胸を張る。何事か叫びたくなり、大きく息を吸って鎮めた。

「二番隊の松倉殿には連絡を？」

「連絡ではない。これは命令だ。だが松倉丹後は一番隊の片岡殿と協議せねば撤退はできぬと言った」

三枝刑部は忌々しそうに言い捨てる。だが松倉丹後の判断は至極当然だ。戦陣が崩壊して潰走するならともかく、軍を整えたまま戦場から退くのであれば、時刻を合わせて各部隊の連携や進路を確認し、綿密な計画を練らねばならない。福山藩との連携は難しいが、浜田藩の一番隊、二番隊であれば互いに連携しながらの後退が容易である。

「だから、早く撤退するのだ」

急かすような三枝刑部の言い方に、そして続いた言葉に、唖然とした。

「片岡殿の一番隊が撤退を始めれば、二番隊も勝手に撤退を始めるだろう。だから急げよ。直ちに我の指揮下に入り撤退するのだ」

「そんな馬鹿なことができるか！」

幕臣を嵩にかけた勝手な言い分に、今度は叫び返した。

「貴方は我が藩を何だと考えておられるのですか。我が藩士は不法に侵入してきた長州藩から浜田を守るために戦っておるのです」

「それは私だって同じだ。浜田藩を守るためには幕府をこそ守らねばならぬ。他藩の協力を取り付けたのも我らぞ。お前らは、我らの命に従っておればいいのだ！」

この危急の刻に、言い争うことは無駄だ。だが、ここで異を唱えられずに、何が指揮官か。怒鳴り返そうと思った矢先に、陣内に戦場には相応しくない姿の、だが見覚えのある町人が駆け込んできた。

「片岡様、片岡様！」

駆け込んで来たのは扇原関門から書簡を届けてきた若者だった。名を与助といった筈だ。与助は陣内の険悪な雰囲気には気付かず、勢いよく片岡光暉の元へ詰め寄った。その勢いに驚いて、三枝刑部は一歩身を退いた。与助は、息を整える時間も惜しんで口を開いた。

「片岡様、山本様からの伝言です」

「山本殿からだと。山本殿はどうしたのだ？」

「山本様は……、撤退する突撃隊を支援するために殿として奮戦され、壮絶な最期を遂げられました」

「……そうか。それは残念なことであったな」

予想はしていたが、山本半弥戦死の報を改めて耳にして、胸が重くなる。しかし情勢はそれどころではないと理解している。

「それで山本殿からの伝言というのは……」

与助の言葉を待っていた片岡光暉の目の前に、無理矢理割り込む人影があった。

「おい、ちょっと待て。何故町民がこんなところにいる。直ぐに失せろ。片岡殿、お主には大事な話をしている最中であったな。こんなことで話を逸らすな」

与助を手で押しのけて突き飛ばす。目の前で怒気を露わにする三枝刑部を、片岡光暉は無視して与助に手を伸ばして引き起こした。

「何をしておる。軍監たる我の言葉よりも、たかが町人の話が重要とでも言うのか！」

「さよう。この男は確かに町人でありますが、我が軍では正式な伝令として雇うております。なかなか敏捷《はしこ》く、役に立ちまする」

片岡光暉は与助とはほとんど面識がなく、伝令として使っていたつもりもない。咄嗟に出たその言葉は、三枝刑部への嫌がらせの意味も込めているのかもしれない。

「この男、与助は我が副隊長、山本半弥に付けておりました。貴重な情報をもたらしてくれるでしょう」

片岡光暉はそう言って与助を促した。状況がつかめず緊迫した雰囲気の中、与助は唾をひとつ飲み込んでから、できるだけ早口で山本半弥の言葉を伝える。

「まず一つ、長州兵は弱兵です。元が平民で訓練不足。接近して一対一で戦えば、浜田藩士の敵ではありません」

当たり前だ、と何処からか声があがった。

「二つ目、敵は一人ずつ分散し、広範囲に散らばっています」

そんなことは分かっている、と今にも怒り出しそうな声があがる。

「三つ目、長州藩は散らばっている兵に命令を出すために、太鼓や銅鑼を使っているようです。したがって、前進や後退といった簡単な命令しか出せませぬ」

散兵は各自の判断で移動し続けるため、その場所を本陣から特定することは不可能である。だから伝言で行うような複雑な命令を出すことはできない。また隠れている場所が必ずしも本陣を視認できる場所であるとは限らないため、信号旗のような連絡手段も確実ではない。

「ふむ。なるほどな。だが、それをどう活用するか」

「四つ目は山本様からの具申です。撤退は隊列を組まずに、蜘蛛の子を散らすように、と。敵は撤退時こそ攻勢の好機と考えている。だが、その好機は極短い、と」

なんだそれは、と怒りだしたのは三枝刑部である。

「お主の顔を立てて仕方なく聞いておったが、碌なものじゃない。我らが既に知っていることばかりではないか。それに敵の撤退に合わせて攻め掛かるなど、兵法の基本ではないか」

あきれ果ててものも言えぬ、と喚く三枝刑部を視界の隅にやり、片岡光暉は山本半弥からの伝言を吟味する。顎に手を当てて暫く考え込み、そして決断を下した。

「よし、浜田藩はこれより一刻の後に全面撤退に移る。撤退時の陣形だが……、山本殿の具申どおり、陣形はとらず蜘蛛の子を散らすように、一人一人バラバラになって逃げよ」

「なっ、んだそれは！　お前まで気が狂ったのか」

三枝刑部の発言を、片岡光暉は丁重に無視した。

「二番隊、松倉丹後にも同様に伝えよ。一斉に退却を行い、決して反撃や牽制して敵を足止めしようとするなと。殿も不要」

はい、と藩士五人の隊を二つ組んで命令伝達に向かう。その様子を見て三枝刑部は天を仰いだ。

「浜田藩は揃いも揃って愚か者ばかりだ。我は一隊を率いて別に撤退するぞ。それに、ここでの経緯、幕府に報告する。しかる後に処罰があると思え」

「どうぞ、御随意に」

片岡光暉は三枝刑部を冷たくあしらい、そのまま去るに任せた。

幕府軍は一斉に撤退を開始した。これは高津から益田川河口部を渡河し長駆した長州兵が萬福寺の裏手にある秋葉山を攻め落としたためだ。秋葉山の陥落によって幕府軍の退路遮断の危機が高まり、撤退の必要に迫られたためである。片岡光暉の想定時刻よりも早まることとなったが、その伝令は全軍に伝わっており命令は徹底された。

すなわち、浜田藩士達は蜘蛛の子を散らすように一人一人がバラバラに、統制もなく駆けること。その様子は長州側からは陣を棄てて潰走するように見えた。

「今だ、一気に攻めたてろ」

大村益次郎の命令一下、太鼓を打ち鳴らして長州藩は全面攻勢に入る。これまでのように何かに身を隠す必要はなく、とにかく前進し発見した敵兵に向けて発砲せよ、という命令だ。組織的な反撃を諦め、バラバラになって逃げ去る幕府軍の中に、小さな一団となって逃げる部隊があった。その隊には高々と馬印があがっている。猩々《しょうじょう》緋《ひ》に銀を切り上げた立派な馬印だ。

「あの隊こそが敵の大将に違いない」

鉄砲を手に敵を背後から狙う長州兵は、皆同じ事を考えた。ミニエー銃の射程距離は四〇〇メートル。長州軍と幕府軍との距離は一五〇メートルにまで迫っていた。したがって敵が二五〇メートルを駆け抜けるまでの間、背を向けて逃げる敵を狙い放題となる。

「大将首、もらった！」

追撃の銃弾はその一団に集中した。鎧に身を固め、竹束を盾として背負い、人壁の真ん中で必死に駆ける。降り注ぐ銃弾の雨は、竹束を砕き、鎧を突き通し、人を転ばすと、次々に撃ち倒した。

慶応二年（一八六六）六月十七日、益田市街地において第二次長州征伐、石州口の戦いとして長州藩と幕府軍の合戦が繰り広げられた。長州藩は軍事指導者でもある大村益次郎が直接率いる兵八〇〇。これに対し、幕府軍は浜田藩と福山藩で構成される兵千五〇〇。これが勝達寺、萬福寺、医光寺に陣取った。

戦の結果は呆気ないほどに、長州藩の一方的な勝利となった。双方の戦死者は、浜田藩十四人、福山藩十五人、幕臣三人、そして長州藩は十二人であった。半日にもわたる銃撃戦であるにもかかわらず戦死者が少ないのは、双方が洋式戦術に慣れていなかったこと、牽制射撃と敵陣圧迫に時間を割いたこと、両軍が自陣での射撃戦に終始したため負傷者の回収が容易だったためと思われる。戦闘の中で特に戦死者があったのは山本半弥の突撃によるものと、幕府軍の撤退時であった。

浜田藩では一番隊副隊長の山本半弥が討ち死にし、幕臣では幕府軍監三枝刑部が撤退中に狙撃を受け討ち死にした。

中世益田と萬福寺

島根県益田市は『中世益田』をテーマとした歴史、文化を活かしたまちづくりを進めています。前著『石見戦国史伝』でも登場した益田氏が鎌倉時代から室町時代、戦国時代を通じて治めていた益田市は、中世の色濃い遺跡、文化財が数多く残っています。益田氏が居城としていた七尾城跡や三宅御土居、雪舟が庭園を造作した萬福寺と医光寺、中世湊町の中須東原遺跡などです。

令和二年（二〇二〇）六月十九日には、中世の益田にまつわるストーリー「中世日本の傑作 益田を味わう ―地方の時代に輝き再び―」として日本遺産に認定されました。

ところで中世の遺跡、遺物が多く残っているということは、逆に言えば中世以後にあまり都市開発が行われなかったということになるでしょうか。中世に繁栄した益田地域は江戸時代は浜田藩と津和野藩に分割されてしまい、明治以後の県政の中心地からは外れてしまいました。益田の人々には残念なことかもしれませんが、多くの歴史が残されたということは、歴史好きからは嬉しいかぎりです。

さて、中世の遺跡が多く残っている益田市内ですが幕末の遺構は残っていないのでしょうか？　先に紹介した扇原関門跡もありますが、大きなものがもう一つ。それが石州口の戦いで戦場になった萬福寺です。

そもそも萬福寺は、天台宗の大寺として平安時代に建立され、応安七年（一三七四）に益田七尾城十一代城主益田兼見が寺領三一石を与えて益田家の菩提寺として定めたものです。文明十一年（一四七九）に十五代城主益田兼堯《かねたか》が画聖雪舟を招き、堂後に石庭を造らせました。兼見公が建立した本堂は国重要文化財にも定められており、鎌倉様式の穏静重厚な造りです。雪舟が造った石庭は、寺院様式の須弥山世界（仏教の世界観）を象徴したものです。雪舟は同じ益田市内の医光寺にも石庭を造っており、縁側に座っていつまでも眺めていられる落ち着きのある雰囲気のお勧めの庭園です。

それでは萬福寺が幕末の遺構である、とは何のことでしょうか。

萬福寺は石州口の戦いにおいて幕府軍が陣地としたことから、戦場になったのは本書のとおりですが、その時に長州藩が放った銃弾が萬福寺境内の柱に埋まったまま残されています。探せばすぐに見つかるのですが、意外に内側の柱に銃弾が残っていて驚きます。本堂の重厚な柱も多くは傷だらけで、長州藩との戦闘の激しさを今に伝えているようです。この銃弾痕は、萬福寺に拝観すれば普通に見ることができます。

平安、鎌倉、室町、江戸幕末と益田の地で時代を過ごしてきた萬福寺はまさに、益田の歴史を見守ってきた人々の誇りでもあるのだと思います。

萬福寺本堂

萬福寺の雪舟庭園

萬福寺から七尾城を見上げる

第七章

周布決戦

（石州口の合戦　三）

松倉丹後

石州口の戦い、益田市街での合戦は長州藩の勝利に終わった。六月十七日のことだ。長州藩は益田市街地に燃え広がった火を消し、郊外に布陣した。この戦闘で、益田市街の家屋四十棟が焼失したという。そのまま長州藩は滞陣し、益田市内には「長州領」の榜示を立てて宣撫《せんぶ》工作に入った。

幕府軍のうち浜田藩は益田から撤退し一時は遠田に布陣したものの長州藩の追撃に遭い、さらに三隅にまで後退することとなった。福山藩は長浜まで戻り休息した。

江戸幕府は第二次征長軍の先鋒総督として紀州藩主徳川茂承《もちつぐ》を任命していた。徳川茂承は附家老の安藤直裕を石州口の先鋒総督名代として派遣、この時になってようやく浜田城へと到着した。さらに鳥取藩、松江藩、岡山藩の兵も続けて浜田城下へと集結した。総兵数は一万を超える。これらの兵を再編成し、長州藩の侵攻に備えて再び防御陣の構築、いや、長州藩の討伐に向けた戦略を築く必要があった。

「まずは益田での合戦について総評せねばなるまい。緒戦の敗北は戦局に多大なる影響を与える。幕府軍の気力は萎え、長州藩は勢いづいていることだろう。その責任は誰にある」

安藤直裕は諸将が集まった最初の合議において、そう切り出した。安藤直裕は居並んだ将達を睨みつける。首を竦《すく》めたのは、浜田藩と福山藩に所属する者だ。

「先鋒軍の総指揮は福山藩、内藤殿が執ったのだったな。しかし、福山藩は他国での合戦、地の利はなく、敵の攻勢に対して撤退もやむを得まい」

その視線は、浜田藩の家老である河鰭監物《かわはたけんもつ》に留まる。

「幕臣であり軍監の三枝刑部殿が亡くなった。三枝刑部殿が監督した軍は何処の軍であったか。その責任は誰にある」

ふん、と鼻息を荒くして、蔑むように視線を下ろす。

「ここ浜田藩の体たらくは如何したことか。数の優位を得ていながら、それも自領での戦闘でありながら地の利を得られず先制攻撃を許し、結果として半日も戦線を保てずに敗北。さらには幕府より使わされた軍監の三枝刑部殿が戦死しながら、浜田藩の指揮官である片岡某とやらは無事に撤退し、おめおめと生き延びておるというではないか」

「……」

河鰭監物は安藤直裕の言葉を無言のまま受け止めた。ここで反論しても、何ら意味がないことが分かっているからだ。安藤直裕から向けられる剣呑な視線に、ただ耐えた。

「まあよい。我からはこれ以上、何も言うまい。その者が武士として恥を知っておれば、何をすべきか分かっているだろうからな」

安藤直裕は視線を外し、河鰭監物はゆっくりと息を吐いた。

「それでは、これからの方針を定めねばならない。朝敵である長州藩には相応の報いを与えねばならぬ。良き思案はないか」

諸藩の代表が居並ぶ中、皆、安藤直裕の言葉一つ一つに意識を傾けながら、紀州藩の思惑の中で合議が過ぎていった。

幕府軍の基本方針は専守防衛となった。射程長大であるミニエー銃を所持する長州藩へ自ら接近することを、各藩とも忌避したためである。そして長州征伐の他の攻め口の戦況を見ながら今後の方針を決めることとした。

長州征伐は慶応二年（一八六六）六月七日、大島口で開戦した。大島口での戦いは幕府軍軍艦による艦砲射撃から始まり、開戦直後は幕府側の伊予松山藩が大島を占領し長州藩を本州へと追い払った。しかし長州藩は高杉晋作が軍艦を率いて反撃を開始、十七日には長州藩が大島を奪還していた。

芸州口は六月十四日、彦根藩、紀伊藩、高田藩、与板藩ら約三万の兵を擁した幕府軍が小瀬川にて長州藩と激突した。緒戦は戦国時代さながらの旧装備しか持たない彦根藩と高田藩が長州藩に撃退されたものの、長州藩と同様の最新装備を施した紀州藩率いる幕府軍が戦闘に加わると、幕府側が優勢なまま膠着状態に陥った。

小倉口は幕府軍として参集した九州各藩と長州藩、両軍が関門海峡を挟んで対峙する状況が続いていたが、長州藩は六月十七日に田野浦への上陸を、七月二日には大里への上陸を果たし優位な状況で戦闘を続けていた。

この状況で石州口を担当する幕府軍としては敗北だけは許すことができない。可能であればこのまま戦闘を回避して戦闘力を保持し続けることだ。もし他の戦線で幕府側が勝利すれば長州藩は国内を守備するために撤退を始めるであろう。その撤退にあわせて追撃し、撃破すれば良い。それであれば、労せず戦果を得ることができる。

そこで周布川を防衛線として、周布川右岸に連なる山々に陣を布き、大砲、鉄砲を配備して敵襲に対応することとした。すなわち、東から坂辻山、猪伏、塚原山と連なる丘陵に松江藩、鳥取藩、岡山藩が布陣する。紀州藩は塚原山の麓にある聖徳寺に本陣を置いた。浜田藩は周布川左岸にある標高五九九メートルの大麻山に布陣して長州藩を迎え撃つこととなった。浜田藩の支援として福山藩が雲雀山《ひばりやま》に布陣する。

幕府軍の基本方針は、高所に布陣することで、大砲、鉄砲の射程、威力を可能な限り活用し、防御に徹することである。

浜田藩一〇〇〇人の兵を率い、大麻山に陣取る将は松倉丹後である。益田市街での合戦で二番隊を率いていた将だ。そして、その陣中に片岡光暉の姿はない。片岡光暉は益田での敗戦の責任をとり、七月二日、三隅にて切腹していた。

久しぶりに目にした浜田城は、常と変わらぬ光景であった。見上げる亀山の頂に、鮮やかな白壁と赤瓦は懐かしく、思わず目尻が湿る。しばらく空を仰いでから、改めて町の様子を見渡した。

「妙に人が多いなぁ。それに賑やかを過ぎて煩いくらいだ」

与助が浜田城下町に帰ってきたのは二箇月ぶりである。与助はくたびれた旅装で街路を歩く。見慣れない他藩の藩士達が街路の中央をのしのしと我が物顔で歩いていた。浜田の町民や藩士までもが道を譲るように道端に避け、肩がぶつかれば怒声が浴びせられる。それで浜田の人達は、視線を逸らせて足早に離れていく。

「どうなってんだ、こりゃあ？」

腹立たしさが込みあがってくるが、あえて目を背けてなじみの店の暖簾をくぐった。

「よう、あやめちゃん、久しぶり。店、やってるか？」

「あら、与助さんじゃないの。ずいぶん顔を見せなかったけど……」

いつも朗らかな看板娘の表情は、今は暗い。何か食べる？　と聞かれ、いつも食べていた団子を二人前頼んで長椅子に座る。正午よりも幾分早い時刻。店の中には他の客は誰もいない。

「ああ、ここのところ、大きな仕事続きでね。浜田に帰ってきたのは二箇月ぶり。あやめちゃんの顔が見られなくて、寂しかったさ」

またそんなお世辞ばっかり、とあやめは手を振って応える。少しはいつもの明るさが戻ってきたようだ。

「それにしても随分、町に人が増えてるなぁ。これなら客も多いんじゃないか」

あやめの様子は気にかかるが、敢えていつもどおりに声を掛けた。団子の皿と茶碗とを脇に置くと、あやめは暗い表情のまま与助の傍らに座った。

「ねぇ。与助さんは何か知ってるの？」

「何かって、何をだい」

「今の藩の状況とか御殿様の様子とか……、それと……」

「戦になるかってことか」

ピクリ、と驚いたようにあやめが身を退いて、それからゆっくりと頷いた。

「与助さん、お侍さんと仲よさそうだったから、何か知ってるかと思って」

あやめの言う侍とは、岸静江の事だろう。そういえば、益田に出立する前にも、この茶屋に二人で寄ったのだ。

「そうだったな」

与助は少し考える振りをしながら、気持ちを落ち着かせた。

「それよりも、俺は久しぶりに浜田の町に帰ってきたんだ。このところの様子を聞かせて貰えないか？　何か、どうも他国の藩士が目立つような気がするんだが」

「そうなのよ。皆、困っているのよ」

耳元に寄って小声で伝えてくる。あやめの困惑ぶりも分かるが、近くからあやめの香りがして、口元がほころぶ。

彼女の話は次のとおりだった。

この頃、他藩藩士が浜田城下に大挙押し寄せていた。聞いたところだと、幕府が長州征伐を発令し、紀州藩、松江藩、鳥取藩、岡山藩、福山藩が浜田藩と共に石州口を任された。そのために、各藩藩士が浜田城下に集結し溢れている。さらには、長州藩との緒戦は益田の地で浜田藩が戦い、一敗地に塗れたという話が広がっていた。

「それで、浜田藩士は柔弱で頼りにならない。武士として情けない。そう他国からきた藩士の人達は悪し様に罵ったり、馬鹿にしたり。それで他国の藩士は町の中でも威張ってて、みんな迷惑してるのよね」

なるほど、と与助は頷く。

「それにそもそも町の人達が不満なのは、何で長州と幕府が揉めてるのに浜田の人達が戦に巻き込まれなくっちゃいけないのかって」

それで町の様子には納得できた。二箇月という時間は思っていたよりも長かったようだ。

「なるほどなあ。うん、ありがとう。それで実は、俺はずっと益田の方に……」

与助があやめの耳元に寄って、口を開きかけたところで店の暖簾に陰がかかった。

「おう、この店はやってんのか」

暖簾を押しのけて大柄な男が店に入ってきた。

「あっ、はい。どうぞ」

「ちぇ、小さい店だな」と文句を口にしながら男が二人、与助とは離れた長椅子に座る。あやめはいそいそと注文を取って、奥の父親へと伝えに行った。

「空いてると思ったら茶屋かよ。俺は腹減ってんだよ」

「しょうがないだろう。西国でも有数の湊町って話だったが、話半分も言い過ぎってところだな。凪は潮辛いし、町は干物臭い。ここが我が国なら漁村ってところだな」

与助は背を向けて団子を口にする。二人は他国の藩士だろう。その会話に思わず聴き耳をたてる。

「明日には出立か。まさか、本当に戦になるとは思わなかったな」

「ああ、浜田藩の連中がしっかりしてれば俺らの出番はなかったがな。まったく、情けない連中だ」

与助の耳がピクリと動く。そこにあやめが焼き餅を持って二人の藩士へと渡す。男はさっそく餅へと手を伸ばしながら、あやめに声をかけた。

「ここ浜田藩の殿様は何といったかな」

「お殿様でございますか。松平武聰様でございます」

「おうおう、そうだった。病弱とのことで、全く顔を見せないから覚えておらぬわ」

「まったく、まったく。藩主が病弱であれば、藩士も弱く情けない。松平家は親藩とはいえ、武聰殿は確か養子という話であったな」

「はい、先代の藩主、松平武成様の跡を継ぐために水戸徳川の御家からこられました」

「水戸徳川家といえば、徳川御三家の家柄ではないか。それはまた良い血筋の殿が治めておられる。羨ましいことだ」

はい、と嬉しそうにあやめが応える。

「そうであれば、徳川斉昭様の御子であったか。いや、しかし斉昭様に、そのような名の御子がおられたか？」

「はて、覚えがありませんな。いや、そういえば庶出の御子がどこかの田舎藩へ養子に行ったのではなかったか」

「ほほう。それが浜田藩の藩主であったか。それはまた奇遇な」

揃って笑みを浮かべる。底意地の悪そうな笑みだ。与助はその笑い声を嫌な予感と共に聞いていた。団子の味が全くしない。

「その点、我らが殿は優れておる。紀州徳川家といえば御三家の中でも八代将軍吉宗公より、代々の将軍を輩出しておる由緒ある御家ぞ。水戸徳川家は御三家とはいえ、未だ将軍を輩出しておらぬ」

こいつらは紀州藩の藩士だったか、と与助は軽く舌打ちする。

「我が紀州藩の先代の藩主を知っておるか。今の征夷大将軍であらせられる徳川家茂様であるぞ」

「そして、現藩主は徳川茂承様。この長州征伐の先鋒総督として、全軍の指揮を執っておられる」

それは御立派な御殿様でございますね、とあやめも笑顔を返す。

「そうだ。我が殿は世界の情勢にも通じておる。西洋の戦術も武器もすでに研究済みだ」

「その御立派な殿が、何故このような遠国の面倒まで見なきゃらなん。派遣される我らにもいい迷惑だ。お前、それが何故か分かるか？」

さあ、とあやめは首を傾げる。

「私たち下々の者にはそのような話、ついぞ理解できませんので」

それはそうだろう、と男二人は蔑むように笑う。

「ここ、浜田藩の藩士達が頼りないからよ。長州の者どもは、百姓、町民を寄せ集めて攻めてきたというではないか。それに全く歯が立たないとはどういうことだ。武士としての覚悟がまるで足らぬ」

「それに先の戦いでは、鉄砲相手に槍で立ち向かったとか言うじゃないか。どれだけ時代遅れなんだ。ここは戦国時代かよ」

「おいおい、戦国時代にも鉄砲はあったろうが。まぁ京からこれだけ離れた田舎藩だからな。文献も戦術も、戦に備える気概もなくて、使い方を忘れちまったんだろう」

違いない、と言って二人は声高く笑う。声を背に与助の両肩が震えていた。ガタン、と長椅子を鳴らして立ち上がった。二人の紀州藩士が驚くなか、与助は振り返って二人を睨み付ける。そこで初めて二人の藩士を直視した。体格は明らかに与助よりも上だ。そして一人は赤みがかった髪の下に、鋭い嫌な目つきを持つ。

「お前らに何が分かるって言うんだ」

「なっ、なんだ」

「岸静江様はな、藩の威厳を守るために、その姿勢を示すために降伏もせず一人で敵の前に立ち塞がったんだ。勝てないのは当たり前だ。死ぬのは分かっていた。だから、たった一人で敵の目の前に立ったんだ！」

与助は岸静江の最後の姿を、最後まで倒れなかった背中を思い出す。

「山本半弥様は劣勢な戦況を覆すために槍を手に敵陣に突撃したんだ。そのおかげで多くの兵が無事に撤退できたんだ」

山本半弥の最後の姿を思い出す。幾多の銃弾を全身に受けて息絶え絶えの中で、残された藩士のために言葉を残す。

「そんな彼らの姿を、その思いを、馬鹿にするな！　何も知らないくせに……」

ふー、ふー、と荒い息で肩を上下させる。その姿を、奇矯な者を見る目で二人の藩士は見上げる。そして一人の藩士が立ち上がり、与助の目の前に立ち塞がった。

「町民風情が何を言ってやがる。我ら紀州藩士に意見する気か」

赤髪の男が与助の肩をぐいと押しやる。体格は明らかに紀州藩士が上だ。与助は大きくよろけて長椅子に座るように押しやられた。

「お前が何を言っているか知らぬが、負けは負けだ。そして我らがここにいるのは浜田藩が負けたからに他ならぬ」

「我らが殿、徳川茂承様は先見の明を持っておられる。浜田藩が負けたのは、長州藩が最新式のミニエー銃を導入していたからだ。同じ銃を我が藩も既に買い入れておる。その上で、親藩から兵を集め数的優位も確保できている。次の戦になれば幕府軍の勝利は間違いない」

「そうだ、お前ら浜田藩の仇は俺らが討ってやるから安心して寝てろよ」

今度は与助の頭を掴んで、押さえつけるように力を加える。

「ほらほら、俺たちに頭を下げてお願いしろよ。浜田の町を守ってくださいと。役に立たない浜田藩ではなく、俺ら紀州藩だけが頼りです、と」

「クソッ、うるさい！」

与助は頭を掴んでいる手をどうにか両手で外す。立ち上がると体当たりを食らわすように掴みかかった。だがその前に、赤髪の男に軽く手で払われた。机に長椅子にぶつかり、皿や茶碗が飛ぶ。与助もろとも大きな音を立てて床に転がった。

「きゃあ」

あやめは慌てて与助に駆け寄り、助け起こそうとする。それを紀州藩士達はつまらなさそうに見下ろす。

「あ～あ、せっかくの食い物が埃だらけじゃねぇか。これじゃあ、もう食えねえな」

「つかみかかったのはお前なんだからな。俺らは何もしらねえぜ。こっちが迷惑料を貰ってもいいくらいだ。手討ちにしないだけ感謝しな」

ケッ、と唾を吐き出して、そのまま藩士達は暖簾を叩いて店の外へと出て行った。

「与助さん、大丈夫」

何処かでぶつけたらしく、頭から血が流れていた。あやめが懐から取り出した手拭いを当てて抑えてくれる。

「くそぅ……、なんだよ、あいつら……」

与助は立ち上がろうとしたが、頭がふらついて机に手をついた。長椅子に座り大きく息を吐くと、あやめから新しい手拭いを受け取った。濡らして絞った手拭いを自分で頭に押さえるとヒンヤリと気持ちいい。それで少しだけ冷静になれた。

「もう、与助さん、心配させないでよ。お侍さんに食ってかかるなんて……」

あやめは荒らされた店内を片付けようと、落ちた皿や茶碗を拾う。そうして振り返ったときには、既に与助の姿は店内から消えていた。机には四人分の銭が残されていた。


七月、長州藩からは浜田藩領内の通行許可を求める書状が届けられたが、浜田藩家老の河鰭監物はこれを断った。その回答を受けて、長州藩が再び侵攻の動きを見せる。長州藩の一隊兵三〇〇は井野へと展開し、残る主力兵九〇〇が山陰街道を東へ進み、浜田藩が陣取る大麻山へと向かっていた。

七月十三日、内村において井野を経由した長州藩と松江藩との間で、戦闘が行われた。松江藩は坂辻山に布陣していたが、その眼下の内村において進軍する長州兵を見つけて大砲、鉄砲を撃ちかけた。長州藩もこれに反撃、激しい銃撃戦となった。ただ、双方に死傷者が出ないうちに長州藩は井野へと引き上げた。この時、長州藩は内村の町へと火を放ち、町は炎上した。内村と浜田城までの距離は僅か五キロメートル程である。内村で放たれた大砲、鉄砲の大音響は浜田城下まで届き、内村を焼いた黒煙は天高く昇り、城下の人々の不安を沸き立てることとなった。

翌十四日にも長州藩は内村に攻撃を仕掛け、激戦となった。これにより、幕府軍は陣替えを実施、内村への長州藩の再度の襲撃に備えるため、坂辻山と猪伏への兵を増やした。

そして七月十五日早朝、長州藩は浜田藩が布陣する大麻山への攻撃を開始した。これまでの長州藩による内村襲撃は陽動であり、本命はここ大麻山への攻撃であった。

大麻山は領民が燃料として頻繁に木々を切り出すために視界は開けている。大麻山に陣取る浜田藩の戦略としては、山上にて広く遠くまで視界を確保することで長州兵を早期に発見して接近を阻み、高所を利用した射撃戦に持ち込むつもりであった。

これに対し、長州藩は夜間密かに大砲を小山に引き上げ、日の出と同時に砲撃を開始した。黎明攻撃である。立て続けに大砲を浜田藩の陣所に撃ち込んだ。この当時の大砲の弾は球状の鉛の塊である。着弾と同時に弾が炸裂して破片をまき散らして広範囲に被害を与える榴弾は、まだ日本には導入されていない。だから陣所に大砲を撃ち込んでも、巨大な鉛玉が陣所を駆け抜け、運悪く巻き込まれた数人の兵をなぎ倒すだけだ。

しかし、この攻撃を予測していなかった浜田藩は混乱した。陣所を破壊されながら、それでも人を集め大砲を長州藩の大砲に向けて運ぼうと図った。長州藩と浜田藩の持つ大砲に性能の差はない。だから、大麻山という高所に陣取る浜田藩が大砲の撃ち合いでは有利である。次々と大砲の弾が襲いかかる中、陣形を立て直した浜田藩は長州藩に向けて大砲を撃ち返そうとした。その瞬間、大麻山周囲から一斉に鉄砲が放たれた。狙いは今まさに大砲攻撃を始めようとしていた浜田藩士にである。

すなわち長州藩の大砲砲撃は囮であった。浜田藩士たちが長州藩の大砲へ意識を集中していた間に、密かに接近していた長州兵がミニエー銃で狙撃したのだ。この攻撃に浜田藩は耐えることができなかった。大砲よりも狙いが正確なミニエー銃に狙われると人的被害が増大する。怪我人が続出し浜田兵は我先にと逃げ出し陣形が保てなくなった。人垣が大麻山から雪崩のように崩れていった。

雲雀山に布陣していた福山藩は浜田藩を支援する間もなく、逃げ込んでくる浜田藩士を混乱と共に受け入れた。そこに大麻山山頂に布陣した長州藩からの大砲、小銃が放たれる。高さに劣る雲雀山では大麻山からの攻撃に耐えることができず、瞬く間に粉砕された。

大麻山で放たれた大砲の轟音は浜田城に、そして城下町に響き渡り、人々の心胆《しんたん》を寒《さむ》からしめた。また城下においても小高い丘に登れば大麻山での戦闘の様子は眺め見ることができた。長州藩の先陣が、そして戦場が迫っていることを感じた領民、浜田藩士、そして幕府から派遣された各藩の侍達は、徐々に追い詰められていることを肌で感じていた。

「長州藩の攻勢に対して、我が幕府軍はいかに対処すべきか」

幕府軍本陣が置かれた聖徳寺で軍議が開かれていた。七月十五日深夜のことである。松江、鳥取、岡山、福山、各藩の大将と、浜田藩からは松倉丹後が、そして紀州藩は先鋒総督名代である安藤直裕自身が赴いていた。各藩には五名から十名の付き人がおり、七月の蒸し暑い風の中、開け放した本堂においても、その暑さは耐えがたいほどである。

部屋の中央には巨大な紙に描かれた絵図がある。東は浜田城から西は三隅まで。本陣がある周布の地が中央になるように描かれている。その絵図の中、大麻山と雲雀山には大きくバツ印が記されている。

「長州藩は大麻山と雲雀山、これらをたった一日で攻め落としました」

「大麻山という高所に布陣していたにもかかわらず、これを長州藩は正面から打ち砕いたのです」

「それは布陣していた軍の不甲斐なさであろう。例え装備が劣ろうとも、それを補うための高所への布陣であったはずだ。それがこうも簡単に……」

浜田藩、福山藩の諸将は首を竦めた。あてがわれた陣所を、彼らは守り抜くことができなかったのだ。

「夕刻には高野山に向けて長州藩からの砲撃がありました。直ちに我が藩が反撃したところ敵陣は崩れ、這々《ほうほう》の体《てい》で逃げ去っていきました」

これは松江藩からの報告である。大麻山を失ったことで、幕府側の最前線は周布川となった。周布川右岸の山々に幕府軍は陣を備えている。

「やはり高地に陣を布き、周布川を渡ってくる長州藩を迎え撃つのが上策と思われます」

「次は紀州藩本陣である鳶巣山を狙ってくるのではありますまいか」

「周布川があれば、密かに接近される恐れはないがな」

安藤直裕の言葉には棘がある。暗に、黎明攻撃により密かに距離を詰められた浜田藩の失態を責めている。大麻山と雲雀山を奪われた浜田藩と福山藩は、とりあえず紀州藩の旗下に組み入れられている。度重なる敗北と疲労とで、彼らは発言する機会も気力もなかった。それでも、浜田藩の前線指揮を任されている松倉丹後は口を開いた。

「幕府軍は長州藩に対して数の優位を得ています。これを活かせないでしょうか」

「数の優位を活かすとは？」

「すなわち、長州藩に対してこちらから攻勢を仕掛けるという策です。数の利を活かしてこちらから打って出て、多方向から進軍、全軍で敵を包囲圧迫します。長州藩が優れた武器を持っているとしても数に限りがありまする。包囲する全軍に対応できるはずもなく、敵を殲滅できると考えまする」

軍議の場はしんと静まりかえった。互いに顔色を窺いつつ、発言を待つ。沈黙の中、口を開いたのは鳥取藩の将であった。

「そこまで一か八かの勝負をかける必要があるのでしょうか。今の世は鉄砲が優勢でありますれば、守勢側の有利は間違いありませぬ」

確かにそうだ、という同意の声が少なからず上がる。

「こちらから攻め込む必要はなく、長州藩は明日も攻勢に出るのではありますまいか。大麻山と内村と、彼らは連日のように積極的に打って出ておりまする」

「そうですな。長州藩は二度も内村を攻めてきました。これは周囲の地形を調査、確認して本格的な攻勢に向かうための布石ではありますまいか。よって猪伏脇の隘路を攻め口として想定しているのではないでしょうか」

「猪伏を抜けられると浜田城下まで僅か五キロメートルもありませぬ。さらに猪伏を突破されれば、ここ本陣は退路を遮断されて孤立、東西から挟撃《きょうげき》される恐れもあります」

「ふ〜む、やはり、こちらの防備は厚くしておかねばならぬな」

「それではこちら側、周布川河口部への手当はどういたしますか」

再び松倉丹後が絵図を指しつつ指摘した。幕府側が専守防衛を意図するならば、戦場の選定は攻め寄せてくる長州藩にある。幕府軍の防御陣地に対して、複数の攻め口が想定された。その中で、最も西側にあたるのが周布川河口部である。周布川河口部には、右岸に高所がなく開けている。現時点においても、防御陣地を構築できていない地点であった。松倉丹後の指摘に安藤直裕は顎に手を当てて唸る。

「松江藩に軍艦があったはずだろう。河口部に長州兵が現れれば、あれに艦砲射撃させればよい。海岸に近づけば届くだろう。どうだ」

松江藩士は恐る恐る言葉を発した。

「……いえ、我が藩の第二八雲丸は確かに松江より浜田に向けて航行中でありますが、こちらへの到着予定は五日後でございます」

使えぬな、と安藤直裕は諦めたように呟く。松江藩士らはほっと胸をなで下ろした。隠岐を所領に持つ松江藩にとって、最新鋭軍艦である八雲丸は藩守護のための虎の子である。敵の陸戦部隊を艦砲射撃するためには、敵大砲の射程内に軍艦を乗り入れる必要がある。万が一にでも八雲丸を沈めることはあってはならないのだから、他藩での戦いに八雲丸を投入する訳にはいかない。

「河口部岸に防御陣地を構築し、兵を置いておけばどうでしょうか」

「既に日は落ちている。これから防御陣地を造るのは無理ではないか」

「では河岸に位置する鳶巣山に兵を置き、渡河を牽制すればいかがですか」

「しかし鳶巣山は標高が足りず、対岸から敵の大砲が届きまする。ここに兵を集めるのは危険ではありますまいか」

「河口東部の藤ノ山近辺に兵を集めておき、長州藩が河口部での渡河を意図した時には打って出ることとすればどうでしょうか」

「しかし、それでは河岸までの距離があり、敵の上陸を阻む圧力となりませぬ。単なる平坦地での銃撃戦となりまする」

「その開けた場所での銃撃戦は敵の嫌がることではありませんか。こちらにもミニエー銃はあり、高所を陣取っているわけですから。そこを選んで侵入するは、まるで鉄砲の的になりに行くようなものです。あのような場所を渡河に選ぶような将はおりますまい」

「これまでの戦でも、長州藩は卑怯にも物陰に隠れながら前進。遠くから大砲、小銃を撃ち我らの陣地を崩してから前進してきました。次の合戦でも同じように攻め寄せてくるのではないでしょうか」

「ふうむ。確かにそうだな。なれば藤ノ山近辺に兵を置けば対応もできよう」

様々な意見が飛び交う。だが、敵、長州藩が何処を狙ってくるか、それを明らかにする確実な情報は誰も持ち得なかった。

「皆、それぞれの分析、よく分かった。皆の意見を聞き入れ、その上で幕府軍の総指揮者として、明日に向けた方針を下す」

皆の意見が出尽くしたと判断し、安藤直裕は居並ぶ諸将を見渡した。

「敵、長州藩の動きが掴めぬ以上、我々が懸念するは防備の弱い箇所を長州藩に突かれることである。その意味において、最も懸念すべきは内村、猪伏であろう。ここを突破されれば本拠たる浜田城は目の前であるし、この本陣も挟撃の憂き目に遭うことになる。したがって、猪伏に強兵を配置することとする。そして、この幕府軍先陣において最も頼りにすべきは我が紀州藩である」

紀州藩のみはミニエー銃を装備しており、その意味では長州藩に対抗できる強力な戦力である。

「そこで、現在猪伏に布陣している松江藩に加え、紀州藩もここに合流することとする。その抜けた穴、鳶巣山には浜田藩と福山藩を置くこととする」

安藤直裕がそう宣言すると、軍議の場は静まりかえった。この軍議の場で石州口の先鋒総督名代を務める安藤直裕に異を唱えられる者などいるはずもなかった。幕府から派遣された軍監も、特に意見を発せずその様子を見守っていた。

安藤直裕が議場を見渡し、満足げに頷いた時、一人の若者が立ち上がった。

「そんな馬鹿な！　そんな配置で勝てる訳がないじゃないか！　お前ら、本当に浜田を守ろうと本気で考えているのかよ！」

若い男の叫び声は、静まりかえっていた軍議の場に響いた。ほとんどの者は驚いて発言した若い男を見上げ、極一部の者が苦々しげに頭を下げた。

「なんと無礼な！　誰だ、そのような無礼な言葉を吐く者は」

安藤直裕の背後に控えていた者、すなわち紀州藩の男がそう叫び指差した。若い男は、袖を通す着物に慣れぬ様子で、荒い息を吐いたまま立っている。

「意見を述べるのであれば、自身の所属を明らかにせよ！　名を名乗られよ！」

続いて叫ぶその言葉に、やはり紀州藩の男が続いた。

「私はその男を見たことがあります。それも浜田城下の茶屋で。その男はただの町人であります。なぜそのような者がこの重要な軍議の場に紛れ込んだのか、理由を問いただしたい」

叫んだのは赤髪の男だった。そして若い男とは与助の事だった。与助は荒れた息を整えるように、ゆっくりと呼吸を繰り返していた。

「浜田藩士に問う。そこなる男は士分ではなくまことに町人なのか」

互いを見比べながら、安藤直裕は浜田藩士へと発言を促した。しばしの時をおいて、松倉丹後は頭を下げたまま口を開いた。

「この者は確かに浜田藩の者でございまする。名を与助といい、侍ではなく確かに町人でございます」

しかれども、と続けて松倉丹後は顔を上げる。真っ直ぐに安藤直裕を見詰める。

「しかれども、この与助なる者は町人という身形を活かして浜田藩の伝令として雇うておりました。その折、常に戦場近くに居合わせ、敵情に最も通じておると判じて我が一存にてこの場に同席を許した所存でございまする。我からもお願い仕ります。どうか僅かなりとも、この者の意見を聞いていただけないでしょうか」

言って、松倉丹後は平伏する。実際のところ、松倉丹後は与助との面識はほとんどない。益田での市街戦の後、切腹を命じられた片岡光暉より嘆願されていた。与助は今の戦場を知っており、さらに平民の思考を理解できる数少ない者である、と。その者の言葉を聞き、浜田藩を守り抜いて欲しいと。松倉は与助を、というよりも片岡光暉を信じてこの場に同席させたのだ。その真剣な様子に呆気にとられ、安藤直裕は表情を変えぬまま応えた。

「お主の意見とは、なんぞや」

幾分か冷静さを取り戻した与助は、言葉を選びつつ口を開く。

「はい、それは長州藩の兵が本当に恐れていること、についてでございます」

浴びせられる視線の多さと厳しさに気圧されながらも、与助はやや緊張しつつ言葉を続けた。

「このたびの戦場、鉄砲の弾が飛び交う、これは本当に恐ろしき場所でありました。風を切り裂いて飛んでくる弾丸が、いつ自分に当たるか、いつ何時、己に死が訪れるか。その恐怖を感じておりました」

与助は僅かに眼を瞑る。

「扇原関門で長州藩と対峙したおり、岸静江様の槍の一振りで長州の兵は後ずさりしました。槍が届かぬほど遠くにいたにも関わらず、です。益田での戦いの折、山本半弥殿の話を聞きました。目の前まで迫れば長州兵は弱い、と。身に付けている武器といえば、最新式とはいえ鉄砲のみで刀や槍の訓練はまるでなされていない、と。だから長州兵が最も怖がるのは、見通しの悪い場所なのです。木立の裏に、岩の陰に、小屋の後ろに、手の届く場所に敵兵が隠れており突然槍を突きつけられれば自分は死ぬしかない。対抗する術などないのです。だから、こんな……」

与助は皆の視線を掻き分けながら中央の絵図に寄った。手近に置いてあった棒を手に取って一点を指す。

「このような猪伏と内村の間を抜けるような街道を、左右の見通しが悪い峠道を中央突破することなど、彼らには恐ろしくてできません。ですからこの場所に兵を置いても無駄です」

「では長州は何処から攻めて来るというのだ」

「それは……」

安藤直裕の問いに、与助は口ごもった。与助はただの町民だ。兵法のことなど知るはずがない。それでも松倉丹後は与助の言葉に、気付かされることがあった。

「なるほど。長州藩が遮蔽物の多い場所を避けるのであれば、その攻め口はただ一つ。

「すなわち周布川河口部、ということか」

松倉丹後も絵図に寄り、一点を指す。先の軍議でも出たとおり、周布川河口部は川幅広く、土手も低いため遮蔽物が少ない。

「馬鹿な。平民が我らの刀槍を忌む理由、それであればお主の説明で理解できる。しかし、だからといって遮蔽物のない河口や平坦部を攻めて来るという理由は納得できぬな。連中は鉄砲の撃ち合いは怖くないというのか」

安藤直裕の問いに松倉丹後が応える。

「長州藩は最新式の洋式銃を用い、射撃戦には相当の自信を得ていると思われます。ですから、乱戦に持ち込まれる危険のある街道よりも、遮蔽物のない広い場所を攻め口として射撃戦を選択する可能性は高いと考えられます」

「ふうむ。しかし……」

安藤直裕は腕を組んで考え込む。既に陽は落ちており、今から新たな陣を築くには時が足りない。

「安藤殿、一つ意見をよろしいでしょうか」

「何だ、鈴木か。言ってみろ」

後ろから声を掛けたのは紀州藩の赤髪の男だった。ちらと与助を見やり、薄く笑う。

「はい。この者らの申しよう、一理あるかと思います」

えっ、と与助は思わず声が漏れた。剣呑な視線を向ける男から、まさか肯定の言葉が出てくるとは思いもよらなかった。しかし、その目は蔑むように笑っている。

「それで与助殿、松倉殿。長州藩が河口部を攻め口とする、その対処はいかがする」

「……」

二人はその問いに答えられなかった。与助はただの町民だ。戦場における兵法など、理解しているはずがなかった。松倉丹後にも直ぐには答えが浮かばなかった。

「では私より、一案を提出させて頂きたい。先に話があったとおり、これから周布川河岸に防御陣地を構築することは難しい。ならば、ここは敵に明け渡してもよろしいかと」

ざわ、と議場が揺れた。

「河口部から東、周布、日脚の地は在陣できる手頃な場所はありませぬ。ここよりさらに東には藤ノ山がありますので、ここに兵を置けば進軍は止められます。あとはこれまでと同じでありましょう。こちらは高所に陣取って近づく長州藩を狙い撃てばよろしい」

「なるほど。それであれば基本、こちらの戦略は変わらぬな」

おおっ、と居並ぶ諸将から感嘆の声が上がる。その中で松倉丹後はあることに気が付いて声をあげた。

「敵が日脚の地へ侵入したならば、藤ノ山と鳶巣山、前後から挟撃が可能となります。一計して頂けませぬか」

その提案に、安藤直裕は眉を顰める。

「挟撃とあらば、わざわざ高所を降りて戦えというのか。それはならぬ。各陣は専守防衛に務め、敵を押し止めることのみを考えよ。そうだな、敵が日脚に入ったところで町に火を付けるというのは良いな。敵も行き場をなくし混乱するだろう」

「そんな！　それじゃあ周布、日脚の町の人々は大変な事に……」

「なれば、今晩中に避難しておれば良かろう」

与助の悲鳴を、安藤直裕はぴしゃりと撥ねつけた。

「よいか。これは幕府の威信がかかった大戦なのだ。本来、一介の町民如きが口出しすべき問題ではないのだぞ。こたびは松倉殿の顔を立てて話を聞いてやったが、増長慢がすぎれば手討ちとすることも厭わぬぞ」

苛立たしく吐き捨てた言葉に、松倉丹後は与助の着物を引っ張り、後ろに下がらせて座らせた。小柄な与助が猫の子のように引っ張られる様を見て、赤髪の男は小さく嘲笑した。

「良かろう。皆の意見も出尽くした。幕府軍の先鋒総督を務める者の責として明日の戦に向けた作戦を決定する」

安藤直裕は一人立ち上がり、軍議の場に居並ぶ諸将を眺め見る。

「やはり猪伏への備えは必要だ。これに加え藤ノ山、そして鳶巣山も重要な地点である。そこで、坂辻山、猪伏、塚原山に布陣している松江藩、鳥取藩、岡山藩はそのまま。本陣の紀州藩を三隊に分けて、猪伏、藤ノ山、鳶巣山に配置する。福山藩と浜田藩も鳶巣山に入り、ここを守護せよ」

安藤直裕は松倉丹後を見下ろし、一つ付け加える。

「鳶巣山を守り切りさえすれば、浜田藩は挟撃のために出陣しても構わぬぞ」

安藤直裕の粘るような笑みに、松倉丹後はただ平伏して返すほかなかった。


慶応二年（一八六六）七月十六日早朝、石見国は周布の地において、第二次長州征伐の第四幕が開始された。

開幕を告げるのは長州藩の大砲である。周布川左岸、米ヶ辻の高所に長州藩は陣取り、大砲を撃ちかけた。狙う先は鳶巣山である。

鳶巣山の陣は周布川右岸高所に陣取る幕府軍の最西端に当たる。ここを一つ目の攻め口とするのは常道といえる。

「敵の攻撃は予想どおりだ。このまま耐えろ」

松倉丹後は声を張り上げて兵を激励する。鳶巣山はかつて周布氏の居城が築かれた土地であるが、その標高は八十メートルと低い。長州藩が陣取る米ヶ辻は鳶巣山よりも標高が高く、そこへ大砲を引き上げて打ち下ろしで砲撃を行っているのだ。

「大砲など、たかが大きな鉛玉に過ぎぬ。このまま隠れてやり過ごせ！」

鳶巣山の幕府軍は大砲での反撃を諦めており、最初から陣内に大砲を置いていない。近くの塚原山の陣へ全て引き上げ、より高所から集中運用する作戦としている。

「陣の被害など構うな。兵が、人が減らねば大丈夫だ。このまま粘るぞ！」

大砲の玉が降り、陣幕や旗、柵や櫓などを破壊する。土壁を崩して堀を埋め、積んだ土嚢を倒す。だが、それでも土手の裏や穴を掘って隠れる兵に与える被害は小さい。

「次は敵の鉄砲隊が来るはずだ。それを待ち受けろ」

前回の大麻山での戦いでは、大砲砲撃の後に鉄砲隊が前進して浜田藩の陣を圧迫した。今回も長州藩の動きは同じと考えた松倉丹後はそれを待ち受けた。そしてその想定どおり長州藩の鉄砲隊が動き出した。

周布川での渡河は隠れるべき障害物が無く、進軍の中でも最も危険である。だが、幕府軍の中で最西端に布陣するのは鳶巣山である。ここに大砲射撃を集中させることで頭を押さえて敵の動きを抑える。さらに可能な限り鳶巣山から離れて渡河することで、幕府軍からの射撃は皆無となった。加えて長州藩は内村に少数の兵を進出させた。

前々日と同様に内村を抜ける経路を牽制する。坂辻山に陣取る松江藩は、こちらに意識を引き寄せられた。

松倉丹後の目の前で長州兵は悠々と周布川を渡りきり、さらに幕府軍へと進もうとした。だがその向かう先は鳶巣山ではなく、日脚へ向かっていく。そして長州藩の第二陣、後から続く鉄砲隊が鳶巣山へと向かってきた。

今も対岸、米ヶ辻からの大砲攻撃は続いている。土煙を上げて破壊され続けている鳶巣山の陣に、頭を低くして穴に潜る幕府軍に対して長州藩からの鉄砲射撃が加わった。

「来たぞ、待ちに待った長州藩の鉄砲隊だ。今こそ反撃の時。大砲は無視しろ！　敵の鉄砲隊にこそ攻撃を集中させよ！」

松倉丹後は大胆にも立ち上がって叫んだ。鳶巣山の陣中においてそれまで防戦一方であった幕府軍は、それまでの我慢を爆発させるかのように鬨《とき》の声を上げ、土嚢の裏から、土壁の陰から、穴の中から頭を出して長州兵へと銃口を向けた。

瞬間、これまで以上に激しい攻撃が彼らに襲いかかった。

対岸からの大砲攻撃、そして攻め寄せる鉄砲隊。その十字砲火の照準に捉えられた鳶巣山は、阿鼻叫喚の地獄絵図となった。浜田藩の所有するゲベール銃よりも遙か遠くから、長州藩のミニエー銃は射撃を始める。鳶巣山に在陣する紀州藩のミニエー銃は数が足りていなかった。飛び交う弾丸の数は長州側が明らかに多く、さらに大砲射撃が加わる。攻め寄せる敵を照準に捉えるためには防御壁から頭を上げねばならない。しかし、それは敵の的になることと同義だ。弾丸が空を裂く音が頭上を切り、地面や周囲の土壁に弾丸が弾ける。高速で飛び交う銃弾を目に捉えることは不可能であるのだから、自分に弾が当たるかどうかは確率的な運としか言いようがない。だが、防御壁から頭を出す時間が長ければ長いだけ、その確率は高まるのだ。

勇敢にも敵兵を照準に捉えようと頭を出した兵が、その刹那、小銃に額を撃たれて即死する。陰から陰へ、射線を確保するために移動する兵が、大砲の弾に砕かれ弾けた岩の破片に当たり、全身傷だらけとなって倒れる。迫り来る銃弾を感じる度に頭は下がり、そこから動くことができなくなる。時間が経過するほどに鳶巣山から放たれる銃弾の数が減じていく。紀州藩士達は、ミニエー銃の発するライフル弾の風切り音を耳にするのは初めてであった。その顔は既に引き攣り青ざめていた。

「死にたくない」

その本能的な恐れが、彼らの心中を満たした。

「うっ、わぁあああぁああっ！」

狂乱したように、兵の一人が立ち上がり駆け出した。誰も止めることができなかった。五歩を駆ける間もなく、小銃に撃たれ倒れる。その瞬間、彼らの恐怖が爆発した。

「もう駄目だ、逃げろ！」

彼らは一斉に立ち上がり、一目散に逃げ出した。彼らの目には長州藩の大砲も鉄砲も入っていなかった。ただ、この場から逃げ出したい。それだけだった。

「皆、逃げるな！　ここで耐えてこそ、我らの活路が……」

松倉丹後の叫びも虚しく、彼らは逃げる。恥も外聞もなく、手に持っていた武器さえ投げ棄てている。その大半が紀州藩士であった。

「これくらいで逃げるな、戦えよ！　あんなに偉そうに威張っていたじゃないかよ！」

与助の叫びは、長州藩の攻勢の中に掻き消された。

「お前ら、何のためにここにいるんだ！　手にしている武器は何のためにあるんだ！」

その混乱の最中、逃げ惑う男達の中に、赤い髪色を微かに見た。

「残った者だけでも戦線を維持せよ。耐えれば援軍が来る。それこそが勝利への道だ！」

松倉丹後は喉を枯らすほど叫んだ。それは彼の虚勢でもあったが、同時に、石州口の戦いにおける幕府軍の唯一の勝機でもあった。

長州藩の進軍を一時でも鳶巣山へ引きつけて止める。この間に他の幕府軍が裏を突いて挟撃すれば、幕府軍勝利の可能性があった。その可能性を大村益次郎は理解した上で、これを防ぐために一隊を先に日脚に進出させた。彼らが本隊の後方を守るために突出したのだ。それでも、幕府軍が数にものをいわせて包囲圧迫すれば、日脚の長州兵も崩れ、鳶巣山を攻め立てていた兵の背後を突き、撃退ができたであろう。その唯一の機会を、安藤直裕の命令は逃した。すなわち「各藩は防衛に専念せよ」との命だ。

援軍の無いまま松倉丹後は耐える。しかし鳶巣山の陣は四分五裂し、少しずつ兵は逃げ去っていく。残ったのは浜田藩の兵のみだ。彼らにとってこの地を死守することは、浜田城を、浜田の城下町を、領民を守ることだ。ここで逃げることは、浜田城は落城し、城下町は燃え、見知った顔の領民や家族が死ぬということだ。それが分かっているからこそ、逃げることはできなかった。それでも、長州藩の攻撃は苛烈さを増し、未だ幕府側の他藩は動かない。

「せめて兵を動かす権が我が浜田藩にあれば。せめてもう少し多くの兵が集められれば。この場に浜田城並みの砦があれば、せめてもう少し……」

砲撃の轟音が周布川の水面を揺らし、間断なくミニエー銃から放たれる弾丸が空を切り裂き、地を穿つ。苦渋の決断だった。松倉丹後は甲高く笛の音を鳴らした。全面退却の合図だ。このまま鳶巣山の陣にとどまっても、死体が増すばかりで逆転の可能性が見出せない。

「退却だ、逃げろ！　他の者には構うな、己の命を大事にして、我武者羅に駆けよ！」

叫んでは笛を鳴らす。地を揺らすような轟音の中でも、甲高い笛の音は広範囲に響いた。その音を、与助は物悲しいものに感じた。

「逃げろ！　なりふり構うな！」

「うわぁぁあぁぁぁ」

「塚原山には登るな、坂を降りろ！　立ち止まるな！」

「早く、早く！」

「だめだ追いつかれる、このままじゃ死んじまう！」

浜田兵は脱兎の如く駆けた。陰に隠れることも、身を守ることも思考から外し、ただ駆ける。その逃げる浜田兵に対して長州藩は追撃をしなかった。

「まずは鳶巣山を押さえよ。逃げる敵は相手にするな」

長州藩の先陣を指揮するのは大村益次郎であった。幕府軍の動きを観察しつつ、指示を下す。目の前には崩れ去る鳶巣山の陣があった。

「敵の動きは悪い。挟撃の恐れはないぞ。日脚に入った兵はそのままの位置で他の幕府軍の動きに備えよ。内村からは引き続き坂辻山を牽制。それ以外の兵は鳶巣山に布陣せよ。大砲を運べ。次は塚原山へ取りかかるぞ」

矢継ぎ早に指示を出す。長州兵は黙々と大村の指示に従い、陣は動く。

「危険な渡河を果たし、橋頭堡《きょうとうほ》も確保した。後は敵陣を個別に撃破するのみだ。一気にかかれ！」

長州藩に鬨の声が響き渡った。勢いを増す長州藩が次なる攻撃目標とした塚原山に陣取るのは岡山藩であった。

「紀州藩も浜田藩も頼りないことだ」

特に、紀州藩諸将の高言を聞いた後だ。それだけに為す術もなく逃げ去っていく彼らが滑稽に見える。だがそれは別として、ここ塚原山は死守せねばならない。

「大砲、鉄砲を並べ釣瓶打ちに撃ちかけよ」

岡山藩は鉄砲、大砲を並べ準備万端の態勢であった。塚原山と鳶巣山。互いに持てる全ての銃口を向け合い、大量の弾丸を撃ち合った。ここがこの一戦において最も激しい攻防となった。高所に布陣する岡山藩に対し、臆することなく長州藩は鉄砲、大砲を連射する。互いに被害を出しながらも、弾を込め、敵を照準に捉えて、射撃を続ける。

苛烈だが短時間の射撃戦で、岡山藩の大砲、鉄砲は沈黙した。技量と士気に上回る長州藩に抗す術もなく、崩れていった。

「敵陣は崩れた。敵を掃討しつつ前進するぞ！」

大村益次郎は令を下す。ゆっくりと前線を押し上げる。つい一刻前までは敵兵がひしめいていた塚原山には、すでに敵兵の気配はなかった。

「このまま前進し敵を各個撃破する。勝利への道は我らの目前に開けておるぞ！」

おおっ、という歓声とともに士気があがる。彼らは既に、勝利を確信しているようであった。

慶応二年（一八六六）七月十六日、第二次長州征伐、石州口の戦いとして周布川を挟んで長州藩と幕府軍の合戦が繰り広げられた。数に勝る幕府軍は周布川右岸の高所に陣取り長州藩の進出を待ち受けた。

地の利、数の利を得たはずの幕府軍に対し、危険な渡河を敢行した長州藩は銃口を並べ、鳶巣山、塚原山、猪伏、そして坂辻山に陣取る幕府軍を次々と打ち破った。そして藤ノ山に布陣していた紀州藩本陣も戦うことなく姿を消していた。

この合戦も、陽が傾く前に決着がついた。長州藩の完全勝利である。圧倒的に兵数で上回る幕府軍が完敗を喫したことで、幕府の威信は地に落ちることになった。

石州口の戦いとミニエー銃

石州口の戦いで新兵器と呼ばれ、合戦の帰趨を決したミニエー銃ですが、これはどういった武器だったのでしょうか。

ミニエー銃は小銃の一種です。戦国時代に織田信長が大量運用したことで有名な火縄銃も小銃のカテゴリーに入りますので、ミニエー銃は火縄銃の発展型にあたります。

小銃の進化を考えるには、まずその構造、仕組みを知る必要があります。小銃の進化に関わる主な要素としては、装填方法、銃身、発火装置になります。

戦国時代の主要火器である火縄銃は、前装式の滑腔銃身でマッチロック式（火縄式）の発火装置を持つものとなります。

装填方法の前装式とは、弾を銃口から詰める装填方法です。銃身に火薬と銃弾を詰めて槊杖で突き固める光景は、戦国ものの小説や映画ではおなじみですね。装填方法の発展型としては後装式になります。現代の小銃は全て後装式ですので、刑事ドラマなどで警察官が所持している拳銃（ニューナンブ）などを思い浮かべれば間違いがありません。

滑腔銃身とは銃砲身の内側にライフリング（施条）されていないものです。ライフリングとは砲身の内側に螺旋状のスジを刻むことで、射出される弾に回転を与えることができるため弾道を安定させ、命中率を高めることが可能になります。

発火装置は銃身内の火薬に点火するための装置のことです。火縄銃では引き金を引くと火挟に挟んだ火縄が落ち、火皿に入れていた口薬が発火。弾けた火花が銃身に空けられた導火孔を通じて銃身内の火薬に点火する、という複雑な工程をとっています。

それでは幕末において最新式といわれたミニエー銃はどのような小銃なのでしょうか。ミニエー銃は前装式のライフリング銃身でパーカッションロック式（雷管式）の発火装置を持つ銃となります。発砲までの手順としては、まず始めに火縄銃と同じように銃口から火薬と弾丸を詰めます。銃身後部には火門と呼ばれる穴が開いており、ここに雷管（撃針で衝撃を与えると発火するもの）を詰めます。そして撃鉄を起こした後、引き金を引くと撃鉄が雷管を叩き火花が飛び、銃身内の火薬が爆発して銃弾が飛びます。雷管式は火縄式と比べて湿度に強く、天候に左右されずに安定した発砲が可能、という利点がありました。

さて、このミニエー銃ですが、ヨーロッパで開発されたのが一八四九年といわれています。第二次長州征伐が一八六六年ですから、確かに最新式の銃ですね。クリミア戦争（一八五三～一八五六年）や太平天国の乱（一八五一年）、普墺《ふおう》戦争（一八六六年）で用いられ、アメリカの南北戦争（一八六六年）ではスペンサー銃というミニエー銃とほぼ同じ機構の銃が活躍しました。

これらの戦争では石州口の戦いと同様に最新式のミニエー銃を揃えた寡兵が、旧装備のゲベール銃（前装式の滑腔銃身で雷管式の発火装置をもつ銃）の大軍を打ち破る、という状況が続いていたようです。

この事を知っていた長州藩や幕府軍の一部はミニエー銃を揃えました。一方で出遅れた諸藩（浜田藩を含む）はヨーロッパ世界では役に立たなくて余っているゲベール銃を「洋式銃だから」という理由で大金を払って買い揃えるということになり、非常に残念な結果となりました。常日頃から世界情勢を集めておかなければ、思いもよらないところで痛い目にあうという教訓でしょうか。

ちなみに幕末といえばアームストロング砲ですが、これは後装式施条砲と呼ばれる大砲です。一八五八年にイギリス軍に採用され、南北戦争や第二次長州征伐でも活躍しました。そう、既に時代はミニエー銃の前装式から後装式へと進化が進んでおり、戊辰戦争ではさらにガトリング銃が登場します。後装式で金属薬莢を用いて連続発射が可能な機関銃です。一分間に二〇〇発の銃弾を放つという、恐ろしい銃です。ほんの十数年前には火縄銃で一分間に一発のペースで弾を撃っていたというのに、この時期の技術の進歩は凄まじいですね。最新武器の導入次第では明治維新の結果は変わっていたかもしれません。

ミニエー銃（山口県立山口博物館蔵）

第八章

浜田城落城

（石州口の合戦　四）

河鰭監物

「周布における長州藩との決戦、幕府軍は散々に打ち崩されて敗北と相成りました」

陽射しが抑えられた暗い室内。その中央には重厚な掛け蒲団の膨らみがある。

「長州藩の被害は少なく、意気軒高であります。現在、長浜、熱田の地に滞陣し、浜田城下への侵攻を目論んでおりまする」

蒲団の膨らみが僅かに揺れた。

「紀州藩、岡山藩の兵は浜田城下に留まらず、江津まで退去いたしました」

彼らは城下に留まらなかったのではなく、留まれなかったのだ。周布の戦場から離脱した紀州藩士達は、戦闘を継続するために長浜の町で態勢を整えようとした。怪我人を家屋で休ませようと寺の門扉を、町家の戸口を叩いたが、応じる者は誰もいなかった。

「幕府と長州の対立に、何故、浜田が巻き込まれねばならないのだ」と。領民達には厭戦《えんせん》気分が広がり、そして常からの紀州藩士の尊大な態度が、彼らの行動を取らせた。紀州藩士は長浜に留まることができず浜田城下へ。そして浜田城下でも受けいれられることができず、結果として江津まで退去することとなったのだ。

「浜田城下には、松江、鳥取、福山、浜田の兵を集めております。城内には各藩諸将が集い、この後の防衛策を検討しております。浜田城下では城下町が戦場になることを恐れた町民達が、陸続と避難を続けています」

男は蒲団に向けて、いや、ここ浜田藩の藩主たる松平武聰《たけあきら》に向けて状況説明を続ける。

「長州藩より使者が来ております。要求は二箇条。すなわち浜田領内に集まっている他藩の軍を領外に退去させること、そして長州藩の軍勢の領内通過を認めること、その二つであります。あわせて、浜田藩と領民への危害は加えない、とも話しております」

説明を続ける男は浜田藩家老、河鰭監物《かわはたけんもつ》である。松平武聰は蒲団に横になったまま、何ら反応を示さない。藩主を見下ろしながら端然と正座し、河鰭監物は様子を窺う。静かで冷厳な沈黙が室内に満ちる。

松平武聰は生来の病弱であり、第二次長州征伐、そして浜田城下へ敵兵が迫っているという大事の最中でありながら、蒲団から起き上がることがなかった。病気の原因は脚気とも、心労ともいわれる。

「殿、決断を願いまする」

河鰭監物は姿勢を崩さず、松平武聰の言葉を待った。だが、室内には空虚が広がるのみであった。

「河鰭様、殿の様子はいかがでございましたか」

「あ、ああ、松倉どのか。お主には苦労をかけるな」

浜田城内、政庁の間で、河鰭監物は松倉丹後に声を掛けられた。互いに疲れが見える。松倉丹後は周布の戦場から戻ってきたばかりであるし、河鰭監物は浜田藩の名代として幕府や他藩との交渉にあたる、気疲れである。

「殿の命はいずれかでありまするか。退去か徹底抗戦か」

「そう結論を急ぐな。まあ、戦場を潜り抜けてきたお主の気持ちは分かるが……」

そう語尾を滲ませて、河鰭監物は視線を落とす。その姿を見て、松倉丹後は全てを悟った。

「殿よりのお応えはいただけませんでしたか」

「……」

二人、同時に溜め息を落とした。心中から疲れがどっと溢れ、身体が重くなった気がした。それでも、彼ら二人には松平家家臣として果たすべき役割がある。これより間を置かず、四藩諸将を集めての軍議が予定されている。そこで幕府軍としての方針を定め、浜田藩を守らねばならない。

「ともかく、我らは浜田藩のために成すべきことは成さねばならぬ。情勢を鑑みれば、これ以上、他藩の兵が引き揚げれば長州との戦はできぬ。それゆえ松倉殿、お主には軍議の方へ出席して頂きたい」

「はっ。元よりそのつもりでございましたが」

「いや、お主が浜田藩の代表で、という意味だ」

「私が、でございますか？」

松倉丹後は首を捻る。これまで最前線で部隊を指揮してきたため、軍議には必ず出席してきた。しかし、ここ本陣で行う軍議で評議する案件は軍事に限るものではなく、多くは政治に関わる事だ。だから、これまでは必ず家老である河鰭監物が浜田藩の首座として出席していた。

「それでは河鰭殿はいかがなされるので」

「私はこれより周布へ向かう」

「周布……。長州の本陣ですか」

「そうだ。私はこれより浜田藩は殿の名代として和平交渉に当たってこようと考えておる」

「和平交渉……。つまり時間稼ぎですな」

河鰭監物は薄く笑った。

「お主は理解が早くて助かる。ならば、お主が軍議の場で成さねばならぬことは分かっておろうな」

はい、と松倉丹後も笑う。苦い笑顔であった。

「浜田藩は徹底抗戦を主張いたします。そうでなければ他藩を浜田城下に留めることはできないでしょう。たとえその主張が殿の意向と違っていても」

うむ、と河鰭監物も満足そうに頷く。結局、松平武聰の意志は確認できなかった。つまり、何ら指示が無いことが指示なのだ。今はそう考えて行動するしかない。できるだけ多くの選択肢を保持しながら、情勢の変化を待つ。それが最善の行動に思えた。

「では、軍議の場は任せた」

「はい。御家老もお気をつけて。長州の指揮官、大村と申す者は理屈っぽく話し好きとのことです。何とか時間稼ぎはできましょう」

「ほう。お主は相手の指揮官の様相を知っておるのか」

「ああ、いや……」

松倉丹後は言葉を濁す。与助の顔を浮かべたが、町民である彼を陣中に置いていることは河鰭監物には説明していなかった。

「部隊の小者が偶然、戦場で行き会ったとのこと。私はその者が感じたことを、ただ聞いただけであります。それに、その者は武士ではなく町民でありますが」

松倉丹後は少し考えてから言葉を続けた。

「その者の名は与助と申します。御家老が周布へ向かわれるのであれば、同行させるよう申しつけましょう。気の利く男でありますれば。何かの役に立つでしょう」

「ほう、そうか。それは楽しみだな」

二人は互いの役割を果たすため、心気を改めてそれぞれの戦場に向けて歩み出した。

河鰭監物の長州藩との交渉は早々に頓挫した。長州藩本陣前まで辿り着いたが、本陣が置かれた寺社の門前、門番によって足止めされた。

「長州藩から浜田藩へ、既に二箇条の約束を求めておる。これを諾とするならば門を潜れ。それ以外の返答を持つ者はここを通してはならぬ、との命である。この命を、我らは身命を賭して守り抜く所存。御理解頂けましょうか」

そう宣言されると河鰭監物には打つ手がなくなってしまった。この門番を言いくるめて本陣に入ろうとも、その場で交渉を始めれば門番の男は自分を斬る、と言っているのだ。

河鰭監物は長州本陣の様子を見やる。食事が供されているらしく、あちらこちらから笑い声が響いている。

「さて、どうするか」

小さく呟くと、河鰭様、と小声で呼び止められた。

「河鰭様、敵陣の様子を探って参りました」

小路から顔を見せたのは与助であった。河鰭監物らの交渉団の一席に、与助は急遽加えられていた。元々の町民の身形へと戻り、その気軽さから敵陣の様子を探るという役目を与えられた。

「長州の陣内は、極めて明るくご座いました。怪我人の療養所も小さく、負傷者はほとんど見えませせぬ」

与助は見てきたことを淡々と続ける。

「船が多く見られました。そこから多くの荷が陸揚げされておりました」

長州藩の本陣は聖徳寺に置かれている。つい昨日まで幕府軍の本陣が置かれていた寺である。その近辺の周布川に多くの小舟が着岸しており、続々と長州藩から送られている物資が荷揚げされているという。中身は恐らく弾薬や糧食であろう。

「士気も物資も十分ということか。このままでは、不味いな」

与助の報告を、河鰭監物は舌打ちしつつ聞いた。疲れも少なく、士気も高い。物資も充実しているとなれば、明日にでも、浜田城下へ攻め寄せてくるだけの武威があった。

「何処か、敵の中枢に忍び込めそうな場所はあったか」

「申し訳ありませぬ。長州藩は周布の町民の協力を得ており、そこに紛れておりましたが、さすがに本陣の聖徳寺に入る道は監視も厳しく立ち入ることはできませんでした」

それはそうか、と河鰭監物は落胆した。しかし、それで諦める訳にはいかない事情がある。ふと、敵の指揮官のことを思い出した。

「そうだ、与助。お主は敵の指揮官、大村益次郎と出会ったとのことであったな。かの人物について、どう感じた」

「どう、と言われましても」

「どんな些細な事でも良い。何か大村益次郎と会って感じたこと、思い当たる事はないか」

「そ、そうですね」

とは言え、与助が大村益次郎と出会ったのは、益田での戦いの最中。それも敵として僅かな時間話しただけだ。しかも、名乗りを聞いたときに、まさか敵の指揮官だとは知らなかった。益田での敗北の後、落ち着いたところで片岡光暉へその話をして、初めて出会った男が敵の最高指揮官であったことを知ったのだった。

「そうですね。彼は、自分は町医者だと言っていました。それだけに、領民への配慮があるようですね」

周布や日脚の町は落ち着いている。昨日まで敵であったはずの長州藩が進出したにもかかわらず、だ。それには益田の町への宣撫工作が功を奏しているようだ。それを考えれば、対照的に紀州藩士達の専横ぶりは相当に酷かったということだ。聞くところによると、陣地造営のため地元民を使役しておきながら労賃を支払わなかったという。それでは長浜の民の対応も仕方ない気もする。

「ふむ、ならばそのあたりから連絡を付けることができないだろうか。そうだな、療養所があったと言ったな。そこを張ってみるか」

「そうですね」

河鰭監物は交渉団をその場に残し、与助と二人で周布町内へと向かった。

浜田城内では四藩、すなわち松江藩、鳥取藩、福山藩、浜田藩の諸将が集まった軍議が開かれていた。松倉丹後が名代として参加していたが、軍議の場は早々から紛糾した。幕府の威信を、そして浜田藩を守るための軍議であるにも関わらず、藩主である松平武聰はおろか、家老の河鰭監物まで席を空けている。その姿勢を詰られ、さらに紀州藩脱落の経緯を耳にして、浜田藩の不義を責めたてた。

これに対し松倉丹後は徹頭徹尾、徹底抗戦を主張し続けた。

「朝敵長州藩に対して、どのような状況であっても膝を屈するわけにはいかない」

その主張も、周布の合戦で長州藩の実力を誰もが知った今、ただ虚しく響くだけであった。しかし例え実行不可能な命であろうとも、虚しいと感じていても、武士にとって上位の命に逆らうことはあってはならない。そしてこの軍議の問題としては、石州口の先鋒総督名代として派遣されていた紀州藩附家老の安藤直裕が不在であるということだ。安藤直裕は紀州軍の江津布陣にあわせて浜田城を退去していた。

「ここで浜田藩主である殿が一声掛けていただければ、直ぐに軍議がまとまるのに……」

松倉丹後は心中で毒づきながら、それでも粘り強く論旨を誘導し、幕府軍の徹底抗戦として軍議をまとめ上げた。この結果、鳥取藩は牛市に、福山藩は門前に、浜田藩が城内に、そして本丸を松江藩が守備することとし、長州藩の攻勢に備えることに決まった。

だが半日もしないうちに妙な噂が流れ、再び軍議が開かれることとなった。妙な噂とは、浜田藩主である松平武聰が浜田城から退去する、すなわち逃げ出そうとしている、という噂である。

再び開かれた軍議で松倉丹後は額に汗を流しながら声高に叫んだ。

「我々浜田藩士もそのような命令は受けておらぬ。徹底抗戦という方針は、全く変更しておりませぬ」

「しかし、そのような噂は城中、いや城下町にも広がっているのだ。その出所は何処であるか」

「噂など、そのように些末な事に煩っておる場合ではあるまい。徹底抗戦のためには総員が力を尽くし、土塁を築き、堀を深く掘らねばならぬというときに」

怒鳴るようにして相手の追求をはぐらかそうとする松倉丹後に、その背後から発言する者があった。

「そうです。浜田藩の方針はあくまで徹底抗戦。それに違いはありませぬ」

松倉丹後がその声に振り返ると、そこに立つのは用人の生田精であった。用人とは主君の近くに侍りその用向きを藩内に伝達し、相手方と折衝するのが役割である。この四藩が集まる軍議の場においては、発言者として相応しくない。生田精は諸将に自分は松平武聰公の意向を伝える代理人だと紹介し、そして言葉を続けた。

「我が主君、松平武聰様の御意向は徹底抗戦に相違ありませぬ。松平の家は、将軍家の親藩でありますれば、戦場において朝敵に敗北することがあったとしても、決して降伏することはあってはならないのです。それは皆様方も同じでありましょう」

軍議に同席する松江藩は共に親藩松平家が治める藩である。

「しかしながら、負けると分かって戦を続けることも難しいことであります。そこで一つ計略を提案したい」

軍議に居合わせた者はもれなく首を傾げた。松倉丹後も同様だった。殿の御用聞きとして城内に留まっている生田精が、優勢な長州藩の軍備について、そして今の戦場について何を知っているというのか。

「古来より戦とは城の奪い合い、そして虚虚実実の駆け引きであります。したがって、長州藩がここ浜田城へと攻め寄せるのであれば、敵の進路は想定できます。我ら幕府軍は攻め寄せる長州藩を阻止するのではなく、浜田城へ敵を引きつけます。長州藩が城内へ攻め込み、その半数を引き込んだところで背後に伏せておいた兵により奇襲を行いまする」

その策は松倉丹後も一考したことがある。だが、ある理由でその提案は取りやめていた。

「ふむ、なるほど。浜田城を囮として敵の裏を取るのだな。悪くない策だ。つまり、浜田藩は城を枕に討ち死にする、その覚悟があるというのだな」

言ったのは松江藩の大野舎人である。その視線に睨みつけられた生田精は、それを平然と受け流した。

「当然であります。城は元々戦のために築かれたもの。この危急の時に活用せねば、何の意味がありましょうか」

生田精は自信満々に言葉を紡ぐ。

「とは言え、城中を空にすれば長州藩にもこの意図は直ぐに見抜かれるでしょう。従って、城内の兵は徹底抗戦を示しつつ、敵を引きつけなければなりませぬ。そしてもう一方、敵の背後を突くためには近辺の地形を熟知しておらねばなりませぬ。従って、布陣はこれこのとおりとしたいと存じます」

言って生田精は懐から紙片を取り出して広げて見せた。そこには浜田城と周辺の絵図がある。そこには四藩の配陣が示されていた。すなわち、浜田城内に松江藩と福山藩が、そして城外、三階山の麓に鳥取藩、そして鏡山の裏に浜田藩の位置が示されていた。

「この配置であれば、長州藩を浜田城へ引き込み、尚且つその裏を取ることができましょう」

自信満々に生田精は語る。その光景を、松倉丹後は苦々しく見つめる。予想に違わず、諸藩の将より異論があがった。

「松倉殿。この策は浜田藩の総意と考えてよろしいか」

大野舍人は松倉丹後を睨み付ける。その言葉には静かな怒りが込められている。

「……いや。我はこの案に同意しておらぬ」

「ではこの案の審議は必要か？」

「審議など必要ござらぬ。この策は松平武聰の御意向である。ここに臨する諸将皆が従うべきでありましょう」

生田精の断言に、大野舎人は立ち上がり声を荒げた。

「この陣では城内に布陣する福山藩、そして我が松江藩には逃げ場がない。浜田藩の貴殿らは城から去り、我らには死ぬまで戦えと言うのか」

「当然、浜田藩の主力は鏡山裏手に布陣し、死ぬ気で戦に臨むこと間違いありません。そして、いくらかの兵は浜田城内に残しまする」

「そのいくらかの兵に、浜田藩主松平武聰殿は含まれているのだろうな」

「それはもう、当然のことでありまする」

生田精は胸を張って答える。

「藩主松平武聰様は浜田藩の要でありまする。当然の事、敵兵の押し寄せる浜田城内に残すわけにはいきますまい。殿には早急に浜田城から離れて頂く所存であります」

やはり、と松倉丹後は声に出さずに思った。堅固な城を活用して敵を引きつけるのは城の目的として当然だ。そして、その背後を攻めるのも常道である。しかし、その城を守る兵は逃げ場を失った死兵である。その中に藩の要である藩主を残しておけるはずもない。この戦で松平武聰公が命を落とすことがあれば浜田藩は取り潰しとなる可能性がある。それだけの危険を冒す訳にはいかない。

だがそれは浜田藩の都合であり、他藩が率先して命を掛ける理由にはならない。

「藩主自らが居城を棄て、城中に他藩の兵を残し囮とするというのか」

大野舎人は肩を震わせていた。怒りが身中を満たしていることに、松倉丹後は気付く。当然だ、と思う。

「そのようなこと我らが了承すると、本気で考えておるのか」

大野舎人の声はまるで火山が噴火したかのように、蓄積された怒りが込められていた。しかし、その怒りに意を介さぬように生田精は応える。

「この戦は浜田藩の領地で行われているものでありまする。したがって、協力していただける諸藩には我が藩の意志を尊重して頂きたく考えております」

生田精はまるで藩主であり軍議の最高責任者であるかのように宣言する。

「既に、浜田藩藩主松平武聰様はここ浜田城から離脱されておられます。もちろん、世子たる熊若丸殿も同行しております」

「既に、だと！　藩主が逃げ出しただと！　浜田藩はその策を既に決定事項としておるのか！」

大野舎人の怒声に、松倉丹後は賛同も反意の言葉もあげられなかった。それは大野舎人の怒りに、松倉丹後も同じ思いであったからだ。しかし、浜田藩士という立場が、その怒りを表明することを押し止めた。

「当然の事ではありませんか。我らは藩の象徴でもある城を囮とする覚悟であります。落城の可能性がある城内に、藩主を残す訳にはいかぬでしょう。それで藩主が命を落とせば、我が藩は取り潰しとなるかもしれませぬ」

生田精は当然の事、と言い放った。

「大野殿。もし貴藩の松江城、同じ状況になったとして、藩主を城中に残しますか」

「……」

軍議の場に沈黙が落ちた。反論の意見は上がらないが、同時に賛同の意も上がらない。松倉丹後は両者の気持ちが理解できる。藩を維持するための政治、戦術的な論理、そして戦場に立つ将兵の士気。これらは必ずしも両立しない。

浜田藩にとっては藩を守ることが第一義であるが、招集された諸藩には浜田藩の帰趨は関係ない。それぞれの、松江藩の、鳥取藩の存続が第一義であり、それはこの石見口での戦闘の結果は関係ない。何としても浜田藩を守らなければならない、という動機は彼らにはないのだ。幕府の対面を保つためには一度兵を退いて態勢を建て直し、改めて長州藩を撃退すればいい。

「わかり申した」

低く、感情を押し殺した声が、静寂した室内に響いた。

「よくわかり申した。浜田藩の考えは。あくまでも藩の都合を優先とし、我らを捨て駒にするということだと。それならば……」

その声は大野舎人のものであった。抑えた声であったが、それは軍議の場によく響いた。

「それならば、我が松江藩はこれより直ちに撤退することとする」

一方的にその言葉だけを残して、大野舎人は立ち上がる。

「なっ、何を言うのだ」

慌てふためく生田精を背に、大野舎人は既に戸口に向かって歩き始めていた。

「では、我々も」

そう言って立ち上がったのは、鳥取藩と福山藩の藩士達であった。首をただ右往左往するだけの生田精に言葉も視線も向けることなく、彼らは大野舎人の背を追って軍議の場から去って行った。

松倉丹後は天を仰いだ。立ち竦む生田精を、浜田城を去る他藩の将兵を、そして浜田城の最後を。両目を閉じたのは、その光景を見たくなかったためか、浜田藩の終焉に瞑目したためか、自分でも分からなかった。

七月十七日、周布において幕府軍が敗北を喫した翌日。幕府は先鋒総督として任命していた紀州藩主徳川茂承《もちつぐ》の代わりとして鳥取藩主池田慶徳へ総督を任命したが、池田慶徳はこれを断った。同日、浜田城から松江藩、鳥取藩、福山藩の将兵が退去した。

浜田藩藩主松平武聰は夫人の寿子と世子の熊若丸ほか数人と共に松原湾から小舟に乗り、浜田城からの脱出を果たした。生田精の手引きである。その後、洋上において松江藩の第二八雲丸が小舟を発見し、松平武聰は船上に引き揚げられた。八雲丸乗員の松江藩士は、小舟に乗っていたのが浜田藩藩主であることに驚いたが、同じ親藩松平家であること、既に周布の決戦で敗北したことを知ると、船首を翻した。この後、松平武聰は松江藩へ到着し、松江城にしばらくの期間滞在することとなる。

これらのことによって、第二次長州征伐、石州口の戦いは浜田藩にとって、先行きの見えないものとなった。

河鰭監物はその浜田城からもたらされた書面を手にして天を仰いだ。周布の地、長州藩本陣から少し離れた民家の一室である。しばらくの間、ただそうして黙って藩の行く末について考えていた。

「河鰭殿。どういたしましたか。何か……、情勢が変わりましたか」

そう問うたのは与助であったが、途中で河鰭監物の様子を見とめて言葉を濁した。

「浜田の城からの、松倉殿からの連絡でありましたか。幕府軍に何かの方針が出たのでしょうか」

恐る恐る、尋ねる。河鰭監物の表情から、ただならぬ事が、そして悪い事が起きているのだと想像できた。

河鰭監物と与助は長州藩本陣へ赴き、敵将たる大村益次郎と相見え停戦交渉をすることを目的に、周布にまで出張っていた。だが、その目的は果たされぬまま、無為に時間だけが過ぎていた。

「与助、か……」

与助から話し掛けられたことに、今更に気が付いたように、河鰭監物は目をしばたいた。そうしてしばらくの間、与助の顔を無言のまま眺め続けた。

「そうか。そうだったな」

一つ頷いて、河鰭監物は懐に手を入れる。そこから出したのは小さな巾着袋であった。それを与助へと差し出し、与助は落ち着かない気持ちのまま受け取った。

「それはこれまで協力してくれたお主への礼だ。受け取って貰いたい」

与助が受け取った巾着を開くと、中にはいくつかの鈍い輝きが見えた。銭だ。ただの町民である与助にとっては重いほどの。

「お主には世話になった。お主のおかげで我らも被害を減ずることができた。改めて礼を申す。受け取ってくれ」

　河鰭監物は言って頭を下げた。

「ここでお主の役目は終わりだ。これからは日常の生活に戻ってくれてよい」

　与助は呆気にとられている間に、河鰭監物は言葉を続ける。その言葉の意味に気付いて、与助は慌てて首を振った。

「ちょっ、ちょっと待ってくだされ。そんな、どうして、突然」

　頭を上げた河鰭監物は微笑んで、与助を眺めていた。

「しばらく浜田には帰っておらぬであろう。心配している方もいると聞く。……まあ、今すぐ帰るのは勧めぬが、落ち着いたところでゆるりと戻るが良い」

　河鰭監物の物言いが唐突でもあり、不気味であった。与助は一歩後退って、表情を硬くして問うた。

「このようなもの、頂けませぬ。どうして突然……。そう、こんなものよりも、どうしてこんな。その書面には何が書いてあったのですか。それを聞かせて頂けませぬか」

「……」

「浜田のお城で何かあったのですか？」

互いの視線が交差した。河鰭監物は諦めたように、ため息にも似た息を静かに吐いて、そして口を開いた。

「書状は松倉殿からだ。浜田城の近況を知らせてきた」

言うべきか、言わざるべきか。迷っている風でありながらも、与助の視線を受けて河鰭監物は口を開いた。

「浜田城に集結していた幕府軍は解体された。城下に集結していた福山藩、松江藩、鳥取藩は国元に帰る準備をしている。そして浜田藩主松平武聰殿はすでに浜田城を逃れて洋上を東へと向かっているとのことだ」

「……」

「長州藩との戦は、これで終わりだ。同時に、浜田藩も終わりだ」

その声には諦めよりも、清々とし、吹っ切れた思いが強いように、与助には感じた。

「だから与助、この地から存在しなくなった浜田藩から、改めてお主に求める願いはなくなったのだよ。これまでのお主の働きには感謝しておる。しかしこれ以降、お主を活かす術を我らは持たない」

「……」

「………」

二人、無言のまま見つめ合う、互いに無念であった。このような結末を、二人は欲していた訳ではない。それでも受け入れなければならない。

「それでは、我は急ぎ浜田城へ戻らねばならぬ。突然の別れとなり残念だと思うが、これ以降、お主と再会できる保証はない。手切れ金と言えば少し寂しいが、これは藩に尽くしてくれたお主へのせめてもの礼だ。これを受け取って貰い、以前のままの生活に戻ってほしい」

もう一度、河鰭監物は頭を下げた。それを切っ掛けに与助の目には涙が溢れ、何も見えなくなった。ただ銭の重さが冷たく、いつまでも掌に残っていた。

河鰭監物は部下を集めると早急に浜田城へと早馬で駆けた。深夜、城内に入ると直ちに松倉丹後を呼んだ。城はしんと静まっている。人の数が減っているのだ。既に他藩の藩士達は城内から退出しているようだ。

日が改まった時刻ではあったが、僅かな刻をおいて松倉丹後は河鰭監物の前に現れた。表情には疲れが見え、眠ることもできなかったのだと想像できた。

「河鰭殿には申し訳ありませぬ。私には大役を任されたにも関わらず、その任を達成することができませんでした」

松倉丹後は会って早々に頭を下げた。だが「それには及ばぬ」と言って頭を上げさせた。

「これまで、お主はよくやってくれた。益田と周布と、我が浜田藩が戦い抜けたのは、お主の力があってこそだ。礼を言わせてもらう。その上でこの度の軍議、生田精の独断については、我にも思いも至らぬ事であった。起こってしまった事は仕方あるまい。我が軍議に参画していようと、例え誰であろうと、あやつの暴挙を止めることはできなかったであろうよ」

その言を、松倉丹後は自身への慰めの言葉であると、初めは感じた。だが後になって思えば、その実は河鰭監物自身への慰めであったようにも思える。

「ともかくも、我が藩としての方針を示さねばならぬ。藩主、松平武聰様がここ浜田城を離れられたことを幸いとし、我が藩は再起を図らねばならぬ」

「再起、でございますか？」

「そうだ。可能であれば、江津、もしくは大森の地で幕府軍と合流し、長州藩に対する陣を敷く。殿には支藩の鶴田の地へと移っていただき、体勢を整えねばなるまい」

「鶴田……でございますか」

江戸幕府の時代が長く続くと、各藩の領地は移転加増減封によって複雑となった。今の浜田藩を治めているのは越智松平家である。天保七年（一八三六）、竹島事件によって処罰された松井松平家は陸奥棚倉へ転封され、新たに上野国館林藩から越智松平家が移封された。その越智松平家の所領が六万一千石であったことから、元々の浜田藩の領地では石高が不足するため美作鶴田の地を飛び地で与えられていたのだ。

「そうだ。浜田の城、城下町にあるもの、可能な限り鶴田の地へと運び込むのだ。このまま置いていては長州のものになるだけだからな。藩士も同じだ。誰一人欠けてはならぬ。全員が鶴田の地へと必ず移住するように。そして運べぬものは……」

河鰭監物は言葉を濁した。そしてゆっくりと首を巡らす。背後へ、そして顎を上げて高い場所へと。

「運べぬものは、全て燃やせ」

河鰭監物の見上げる先には夜空に浮かぶ浜田城、その天守の姿があった。

「城も、でありますか……」

「そうだ。残しておけば長州藩が接収して入城するであろう。お主は浜田城内に長州藩、毛利家の旗が林立することに耐えられるか」

城内は煌々と篝火が燃やされており、その天守の漆喰の壁は赤々と照らされている。既に、その運命が決まっているかのように。

「……そうですね」

松倉丹後も、その最後の姿を記憶の中に刻み込むかのように、見上げて目を見開いた。そうして二人、僅かな刻ではあったが別れを惜しみ眺め見る。そして再び、再起を信じての行動に移るのだった。

慶応二年（一八六六）七月十八日、早朝。浜田城下町に住まう領民達は、信じられぬ光景を目にすることとなった。浜田城、そして城下に広がる武家屋敷が炎に包まれ、燃えている光景である。河鰭監物ら全ての浜田藩士は、この日、浜田城と武家屋敷に火を放って浜田の地から立ち去った。

元和九年（一六二三）に築城された浜田城は、二四三年という長きに渡り浜田の地を見守ってきた。初代古田家、松井松平家、本多家、松井松平家、越智松平家と江戸期を通じて幾つもの家が政務の場として浜田城に入り、そして退去していった。

浜田城はその縄張りを戦場とすることなく、歴史から姿を消したのだった。

石州口の戦いの推移

第二次長州征伐、石州口の戦いは、慶応二年（一八六六）六月十六日の扇原関門の戦いで始まり、七月十八日の浜田藩の浜田城立ち退きで終わりとなりました。その経緯や経路についてまとめてみたいと思います。

第二次長州征伐において、長州藩は石州口を担当する部隊を二つに分けて津和野藩領を通過しました。主力の精鋭隊、南園隊は長州藩と津和野藩を分ける小川関門を通過し、黒谷、小木河原、横田、梅月を通過して扇原関門へと向かいました。もう一隊は須佐から佛坂関門を抜けて津和野藩に侵入し、飯浦、戸田、高津へと進出しました。別働隊は高津で陽動作戦を行い、その動きを警戒した浜田藩は六月十六日には益田の領民に退去命令を出しています。

大村益次郎率いる主力部隊は同日、扇原関門を守る浜田藩士岸静江と対峙しました。

しかし、扇原関門を守る浜田藩士は岸静江一人と十数人の農民兵のみでした。圧倒的な戦力差にもかかわらず槍の穂先を掲げて敢然と関門を塞ぐ岸静江に対して、長州藩は鉄砲を用いて易々とこれを退けました。

扇原関門を抜けた長州藩は、益田市街へ向けて迫っていきます。

対する幕府軍は、六月十七日になってようやく浜田藩と福山藩が益田に入り、福山藩が勝達寺に陣取り、浜田藩が萬福寺と医光寺に陣取りました。ここで、益田市街戦の火蓋が切って落とされました。

三箇所の寺に陣取る幕府軍に対し、長州藩の主力部隊は三隊に分けて幕府軍へと襲いかかりました。勝達寺と医光寺の幕府軍に対しては益田川を隔てた対岸からの射撃戦を、萬福寺に対しては、益田川を渡河したのち市街地の家屋を掩蔽としながらの射撃戦を仕掛けました。守勢に立たされた幕府軍、浜田藩と福山藩は反撃を試みるもミニエー銃の長射程を活かして射撃戦を続ける長州藩に対し成果は見込めず、長州藩の別働隊が高津から高津川河口部を渡河し中島町、今市を経由して長駆、萬福寺の裏手にある秋葉山を攻め落としたことで勝負がつきました。

益田での戦いでの幕府軍は、軍監三枝刑部、山岡十兵衛が、浜田藩は山本半弥、永井金三郎、川島倉次など十四人の藩士が討ち死にしました。

なお浜田藩一番隊の副将、山本半弥の死に際は幕府軍の全面撤退のおりに切腹したとの記録がありますが、どのような理由で切腹したか、その理由は残されていません。本書では物語の都合上、記録とは異なる内容となっています。

その後、一度は遠田で踏みとどまった浜田藩に対し、長州藩との小競り合いがありましたが、両軍は一度、大きく距離を取り互いの動向を窺うことになります。この頃になって紀州藩、松江藩、鳥取藩、岡山藩が浜田に到着したことも大きな理由です。幕府軍と長州藩、双方とも長州征伐の他の攻め口の情勢を見据えながらの、次の合戦に備えての準備期間に入りました。

幕府軍は先鋒総督名代に指名された紀州藩附家老の安藤直裕が在陣迎撃の方針を打ち出し、周布川右岸の高所を陣地と定め、鳶巣山を本陣として紀州藩を配置。塚原山に岡山藩、猪伏に鳥取藩、坂辻山に松江藩を配置し、周布川左岸の標高五九九メートルの大麻山に浜田藩を、その支援として雲雀山に福山藩を配置しました。数に勝る幕府軍であるにもかかわらず、銃撃戦を前提とした待ちの戦術です。

消極的な幕府軍の動きを確認し、攻め口の選択権を得た長州藩は積極的に軍を動かします。まずは少数の別働隊をもって内村に先行させ、七月十三日から連日の牽制攻撃を開始しました。そして七月十五日早朝、黎明攻撃によって大麻山に陣取る浜田藩および福山藩を撤退させて周布川左岸にまで迫ります。

そして七月十六日、長州藩は全面攻勢に入ります。これまでどおり、別働隊を内村に進出させて牽制すると共に、米ヶ辻の高所より鳶巣山の本陣に向けて大砲を撃ち放ち、その間に周布川渡河を成功させました。渡河した主力部隊は鳶巣山、塚原山、猪伏へと続けて進撃し、幕府軍を打ち破りました。

長州藩の方針は、ミニエー銃の長射程を活かした徹底的な遠距離射撃戦を行い、逃げ道を残しながら敵陣の崩壊を待つというもので、益田、大麻山、周布での合戦でも白兵戦は行われませんでした。幕府軍は勝ちに繋がる戦術を見出すことができず、ずるずると後退。結果的に浜田城を自らの手で火を放ち撤退するという消極的な敗北を喫する事となりました。

改めて確認してみると、意外と身近な場所で合戦が行われていた、と驚きます。

石州口の戦いは日本陸軍の創始者ともいわれる大村益次郎が指揮を執った合戦でもあり、また小銃などの兵器の発展、戦術の変遷など戦略戦術史では重要な合戦に位置付けられているようですが、あまりクローズアップされることがなく、残念に思います。

ちなみに、この石州口の戦いにおいて浜田藩は城を焼いて美作鶴田の地へと逃げ出しました。そのため、浜田藩にまつわる記録の多くは失われてしまいました。また、石州口の戦いに参加した松江藩、福山藩などの藩も負け戦の記録は残したくなかったのか、あまり正確な記録は残っていないようです。ほんの一五〇年前の出来事にもかかわらず、です。

不都合な記録を残したくないという人の気持ちは、過去も現在も変わらないようですね。

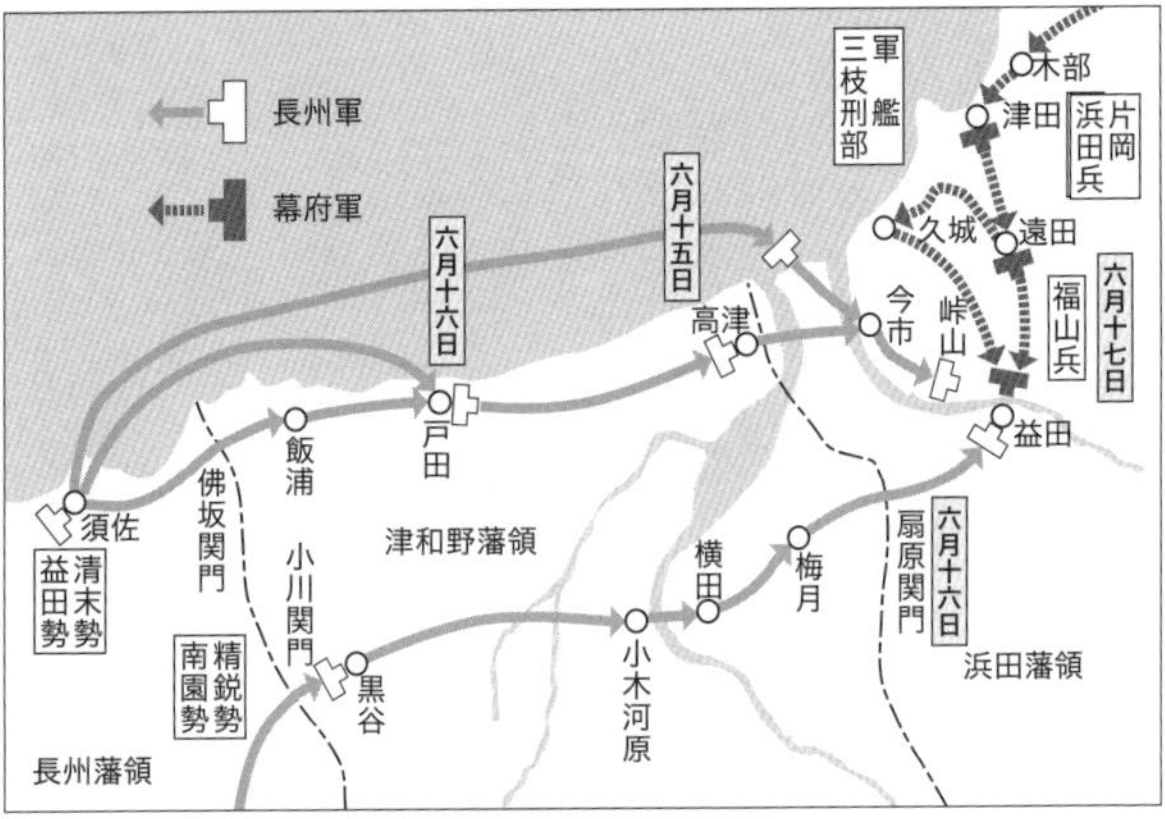

石州口の戦い　益田市街戦まで

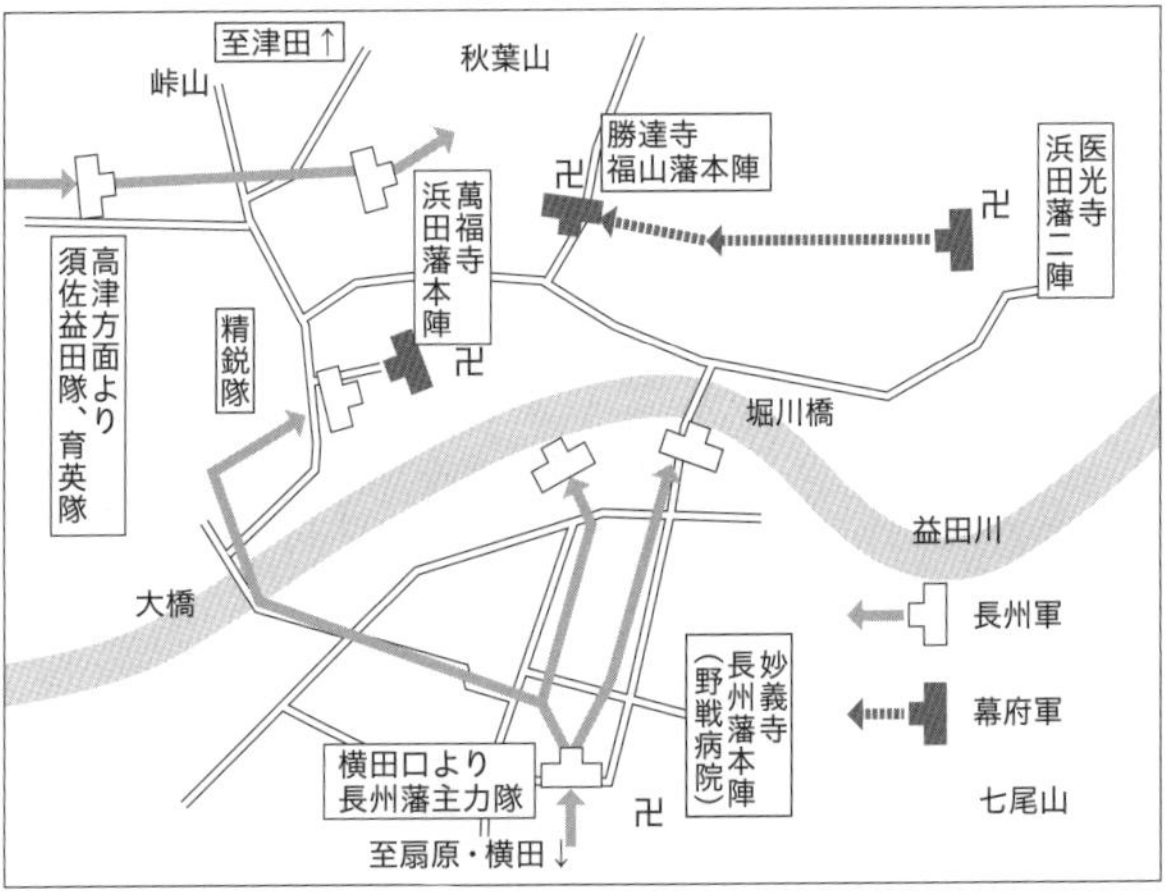

益田市街戦

浜田城
周布川
長州藩主力部隊
7/17 先行渡河に
より橋頭堡確保
長州藩主力部隊
7/17 渡河後
紀州藩本陣へ
日脚
▲藤ノ山
紀州藩本陣
長浜
猪状
鳥取藩
▲鳶巣山
紀州藩
▲塚原山
岡山藩
▲坂辻山
松江藩
内村
内村
米ヶ辻 長州藩大砲陣地
7/17 早朝より砲撃
長州藩
別働隊進路
7/13,14,16
内村にて戦闘
至折屋
至大麻山
周布川
▲米ケ辻山
至井野

周布決戦略図

終章　侍という名の災厄

天が紅く燃えていた。その色は昏い。鮮やかさ華やかさなど微塵も感じさせず、ただ厚く重し掛かるような圧迫感。

「何でこんなことに……」

早朝、荒い息を吐きながら周布から浜田に戻ってきた与助は、我が目を疑った。天を赤黒く焦がしているのは大火だ。薪のように高く積まれたそれが、巨大な炎を模っている。そこに積まれていたものは何だったか。燃えているものは何か？　昨日までの記憶の中の光景に、決して崩れることはないと思っていた、何か。

「危ない！　崩れるぞ！」

「うわぁ、もうだめだ、早く逃げろ」

「何で……、なんでこんなことが……」

それまで辛うじて形を保っていた白壁が崩れ、屋根瓦が落ちる。崩れ始めればあっという間。轟音が耳朶を打つ。熱風が吹き荒れる。舞い上がる火の粉の中、新たな息吹を得た炎の塊がまるで竜のように渦を巻いて天高く昇る。

「ああ、これでもう、浜田藩は終わりだ……」

だれかの声が聞こえた。いや、その声は自分自身の口から漏れていたのかもしれない。

火柱を伴い、崩れ落ちるのは浜田城。彼が生まれてから当然のようにそこに屹立し、見上げ、望んでいたもの。それが今、目の前で消え去ろうとしている。

「……そういえば」

思い出したのは、この二箇月の間に知り合った浜田藩士達のことだ。彼らが、象徴たる城を燃えるに任せているはずがない。何処かで消火活動を行っているのではないか。鼓動が早まる、荒く息が跳ねる。いつの間にか与助は走りだしていた。燃えさかる浜田城に向かって。

「河鰭様、松倉様、何処におられるのです。何故、誰も城の火を消そうとはなさらないのです！」

町中を駆ける。城下町は浜田川を境として、南側に町家が続き、北側に武家屋敷が並ぶ。町と武家屋敷とを繋ぐのは、大橋と呼ばれている浜田川に架けられた橋だ。そして、その橋は落とされていた。河岸は人で溢れていた。与助と同じように、燃え盛る城を呆然と、悲鳴をあげて、そして怒りを込めて、ただ眺めている。

人がこぼれ落ちるほど溢れた河岸とは対照的に、対岸には人気がなかった。常であれば厳めしく立ち並ぶ武家屋敷も、全ての建物の出入り口が開放され、その室内にさえも炎が踊っているのが見えた。

水面を渡って、燃え盛る熱風が押し寄せてくる。熱気を吸い込んだ。焼けるように喉が痛み、咳が出る。疲労と熱とで意識が朦朧としてきた。

「片岡様！　山本様！　何をしておられるのです。あれほど大切になさっていたものが……、守ってきたお城が……」

与助は川岸に向けてふらふらと歩き出し、その足先が空を踏んだ時、その手が誰かに捕まえられた。

「おい、どうしたんだ、しっかりしろ」

掛けられた声は与助の耳に届いていなかった。息は荒く、鼓動が耳朶を打つ。熱風が与助の視界を歪ませ、手を握った男の輪郭が記憶の中の人影に重なる。

「ああ、岸様……、岸静江さま……そこにおられましたか……。どうか、浜田城を……」

懐かしい、その顔へ僅かな笑みを浮かべて、与助の意識はぷつりと途絶えた。

第二次長州征伐、石見口の戦い。それは一方的な長州藩の勝利として伝わっている。最新の洋式銃と洋式戦術を備えた長州藩が、旧態依然とした幕府軍を一方的に打ち負かしたのだ、と。

慶応二年（一八六六）七月十八日、浜田城は炎上し、浜田藩は江戸の世より消え去ることとなった。浜田城を脱出した浜田藩士達は藩主松平武聰の下、再起を期して松江藩で集合した。藩士の家族などは約三〇〇キロメートルも離れた美作鶴田の地を目指して歩き続けた。

江津に陣を敷いていた紀州藩は、浜田城の落城を知り、さらに他藩も帰路についたことを聞くと、陣を引き揚げて帰国の途についた。

長州藩は浜田に入ると民政所を設置して宣撫に務めた。一部地域で一揆の発生もあったがこれを早々に収め、軍をさらに東へと繰り出した。向かう先は天領大森銀山領である。天領は幕府直轄地であり江戸から派遣された役人が治めていたが、勢いに乗る長州藩に抗する術もなく逃げ出していた。長州藩は易々と大森銀山領を手中に収めた。これは毛利家としては、関ヶ原の合戦で失った大森銀山を取り返すという大望を果たした、ということに他ならない。

七月二十日、征夷大将軍、徳川家茂が大坂城で倒れた。金の馬印を掲げ、大軍を率いて上京した直後のことである。

徳川将軍家を引き継ぎ十五代将軍となった徳川慶喜は、自ら陣頭に立ち戦線の巻き返しを宣言したが、小倉口の戦いにおいて八月一日に小倉城が陥落したことを耳にすると意気消沈し、朝廷を通じて停戦を働きかけることとなった。

慶応二年（一八六六）九月二日、宮島にて幕府と長州藩が会談し停戦が合意された。この日をもって第二次長州征伐は終わったのだった。

藩主松平武聰ら松江に滞在していた藩士達も、これを契機に鶴田の地へと移動し、新たに鶴田藩を興すことになった。

第二次長州征伐において江戸幕府が長州藩を討伐するために集めた諸藩の兵数は十万五千と云われる。これに対し長州藩の動員兵力は三五〇〇であった。長州藩に攻め込む計画であった幕府側は逆に、浜田、大森と占領され、小倉城も陥落するという大敗北を喫し、その権威を大きく損なう事となった。このことが後の明治維新に大きな影響を及ぼしたという。

翌、慶応三年（一八六七）一月三十日、孝明天皇が崩御され、天下の兵事が停止された。これによって、越智松平家は自らの力で浜田の地を回復させることは不可能となった。

「そうだ。今や城は領内を治めるための象徴にすぎぬ」

気が付けば、与助は目の前の男と二人、話し込むように立っていた。男の姿に記憶はない。幾つもの実戦を潜り抜けてきたような、鋭い目つきの初老の男だった。

「武士の象徴とは戦場に立つ雄々しさと、領民にとって自分たちを守って貰えるとの信頼。それゆえの荘厳たる城を領民に、他国の商人に、全国の大名に、そして幕府に示すことができればそれで良い。実戦に役立つかどうかは二の次だ」

その場は庭園であった。塀に囲まれた広い庭園は、本堂の大きな建物に隣接している。見覚えがある。極楽寺の境内だ。だが、与助の記憶とは光景が少し異なる。庭木は細く小さく、本堂の柱は新しい。そして手には箒を握っている。庭を掃いていたのだろうか。不思議に思っていると、自分の口が意志とは関係なく動いた。

「そ、そうなのですか」

首を傾げた。その様子に、目の前の男は笑う。薄く乾いた笑みだ。

「今や城はただの象徴にすぎぬ。本当の戦には耐えられぬよ。それは幕府の命令が関係している。……そう、一国一城令がな」

聞いたことはあった。幕府が出した一国一城令は、藩主の居城である城を残して残り全ての城を廃棄するという命令だ。

「城は戦において目標となる。街道や国境を守る砦として、兵を集めて繰り出す拠点として。この城を奪い合うことが戦場の要でもあり、それによって行軍は制限され進路予測が可能になる」

目の前の男は、ハッ、と軽蔑の息を吐いた。年齢を重ねた頬のこけた顔。その顔色に疲れと悔しさが滲む。

「しかし幕命は、一国一城令は藩主の居城のみを城とせよ、他の城は打ち壊せ、との命だ。国境の砦で他国からの進軍を留めることもできず、敵の進軍路が予測できない中で野戦を行い、藩主の篭もる城に敵兵を引きつけて援軍を待つ。そのようなことが可能なのか？　敵兵が群がる、その城は藩主の居城であるのだ。落城の可能性のある城に、藩の要たる藩主を置くことが、そのようなことが可能なのか？」

男は荒く息を吐いた。自身の発した言葉に驚くように、男は顔を伏せた。

「一国一城令下の世において、攻城戦は起きぬ。起こるはずがない。敵兵が攻め寄せる城中に藩主を置けるはずがないし、藩主のいないただの一城に、守る価値など何もない」

男の話に納得する自分がそこにいた。その実例を、目にした記憶がある。

扇原関門は戦時における砦ではなく、益田の寺内では兵を運用するには広さが足りず、鳶巣山は防御施設が十分でなく敵の攻勢を支えられなかった。そして、浜田藩唯一の城である浜田城は一戦を交わすこともなく藩主は逃亡し、幕府軍は解体した。燃え上がる城姿。浜田の城は藩の象徴であり、虚像であった。

「そのように城を骨抜きにしたのは幕命である一国一城令であり、将軍家の保身よ。将軍家は各藩の力を削ぐことに腐心したために、結果として幕府全体の力を削ぐことになる。一朝事あれば、幕府の権威は崩れ去ることにも繋がろう」

「そうだな。あんたの言うとおりだ」

石見口の戦いにおいて、幕府の権威は消え失せた。戦場から逃げ出した紀州藩士を長浜、浜田の町民が立ち入りを拒んだ事は、その証左であろう。

「俺たちはどうすれば良かったんだ。どうすれば浜田の城や町、益田、周布の町を守ることができたんだ……」

いつの間にか、与助自身が言葉を発していた。その姿も与助の身形に変わっている。それを気にした風もなく、男は渋面を作って応える。

「そうか。それは運が悪かったな」

「運、だって？　運で済ます話なのか」

「そうだ。天災、災厄と同じだ。時代の歪みはいつか必ず、亀裂は唐突にやってくる。その時、その場所、誰が何処でその災厄を引き受けるかは、運次第だ」

「……そうか。そうかもな」

それは無情の言葉であったが、どこか、しっくりと心に落ち着く言葉だった。

「お主には残念な事であった。だがこれは地震や洪水と同じだ。例えどのような災厄を受けたとしても、生き残った者は立ち上がることができる。災厄を糧として続く時代を歩んでいってもらいたい」

そうだな、と言って与助は頷く。うん、とそのことに気が付いて男に指差した。

「それは俺を励ましているってことでいいのか？」

男も、そうだな、と言って笑う。乾いた笑いだ。

「お主のような者に見届けて貰えたのは幸運だった。礼を言う」

「止めてくれよ。俺は何にもしちゃあいない。それより、あんたは一体誰なんだ？」

「ああ、そうか。まだお主には名乗っていなかったな。私の名は……」

浜田川の河岸、商家に続く荷揚げ用に整備された石垣の上を、二人の男女が歩いていた。その姿を認め、仕事の手を止めた男が声をかけた。

「おおっ、そこにいるのは与助ではないか。調子は良さそうだな」

声の主は大村益次郎である。部下を引き連れ、手には何やら厚めの帳面をもつ。

「ああ、大村様。ご機嫌うるわしく」

愛想良く応えたのは二人連れのうちの女性の方、あやめだった。与助は大村益次郎の姿を見るなり舌打ちで応えた。

「もう、歩けるほどに回復したのだな。それは重畳、重畳。やっぱり若いっていうのはいいものだな」

並んで足を止めた二人に声を掛けながら、大村益次郎は笑う。その姿を、与助は睨むように見る。周囲では幾人もの長州藩士達が忙しく立ち働いている。彼らに指示を出しているのは大村益次郎のようだ。

「あんたは長州藩の重鎮なんだろ。こんな所で油売っててていいのかよ」

「町の現状把握も仕事のうちさ。私は平民の生の声を大事にしているからな。もちろん、お主の声もな」

「……ふん」

与助は苦々しげに視線を逸らした。その様子を、大村益次郎とあやめとが笑う。三人の視線の先には浜田の城下町があった。いや、城下町だったものが広がっていた。

七月二十日、浜田城が燃え落ちた日の二日後、浜田城下で大火が起きた。その原因は失火であったが、一時、浜田藩士の残党が町に火を放ったのだ、という噂が広がった。城を残せば長州藩が利用するであろう、という危惧から浜田城と武家屋敷を焼き払った浜田藩士が、同じように城下町を焼き払うのではないか、という推測がその噂を広めたのだ。

ただ原因が失火とはいえ、浜田藩士の退去により組織的な消火活動ができなかったという事実は、大火の原因が浜田藩士の無責任によるものだと責められても仕方ない。それに加え浜田藩が倹約令を理由にして町家に瓦葺きを許さなかったことも町民の怒りの一与である。火災において瓦は火の粉による延焼を防ぐための防備に他ならなかったのだから。

そのような噂が広がるほど、浜田の町民からの松平家への信頼、ひいては幕府への信頼は失墜していたのだ。

その大火でもともと与助が住んでいた長屋もあやめの父が営んでいた茶屋も焼けてしまい、彼らは極楽寺の世話になっている。あやめは寺の下働きを勤め、与助は浜田城炎上の一件で体調を崩し昨日まで起き上がる事ができなかった。

「長州の救済所が火事で焼き出された方々の世話をしてくれて、皆、感謝しております」

「いやいや、まだ我らの手が行き届かぬところも多い。本国より救済の品が届くまで、今しばらく辛抱して貰うほかかない」

目の前に広がる光景は惨憺たる有様であった。大火によって城下町の三分の一近くの家屋が焼失している。武家屋敷も燃え落ちたまま、手付かずの廃墟が広がっている。街路には仕事を無くした人々が力なく佇んでいる。

それでも町は新たな生活に向けて動き出していた。家屋の残骸を片付け、使える資材を集めて当座の風雨を避けられるだけの小屋を建てている。焼け残った家財を集める人々。どこからか木材が搬入され、新たな家屋が建てられつつあった。火事場の片付けを手伝って小銭を稼ぐ子供達。露天で僅かばかりの商いを続ける男。家族が掘っ建て小屋に集まり鍋を囲んでいる。焼いた米を子供達に配っている男がいた。

それは、大きな苦難に遭いつつも、たくましく今を生きる人々の光景であった。

「与助よ。お主の協力もあれば、もっと多くの民が救えよう。どうだ？　気はかわらぬか」

「……」

無言の返事に大村益次郎は苦笑する。大村益次郎は行き場を失った与助とあやめを極楽寺に引き取ったのち、与助には藩政に協力するよう幾度も打診していた。

「何度も言ってる。俺は長州のやり口が気に入らない。だから、協力もできない」

「もちろん、それは知っているよ。だが、人というものは気が変わるものだ。だから、お主の気が変わるまで俺は声を掛け続けることにする」

「……勝手にしろ」

与助は吐き捨てるように言って背を向けた。その様子に、益次郎とあやめは微かに笑う。

「そうそう、松平武聰殿は良い方だな。論功行賞で岸静江殿の功績を認め、その弟、岸新六殿に一〇石の加増を認めたというのだからな」

「まあ、そうなのですか」

「鶴田藩は大変な時だというのに、さすがに岸静江殿の功績をよく判っている。彼とは成り行きで対峙したとはいえ、その心意気に感銘を受けた長州藩士も多いからな」

浜田藩六万一千石を離れた浜田藩士達は、美作鶴田八千石の地に落ち着いた。旧浜田藩の藩士のほとんどが鶴田藩へと移動したのだから、その財政の逼迫具合は火を見るより明らかであった。その中において、扇原関門で一人立ち向かい、浜田藩の威儀を守った岸静江の家族へと厚い報償を与えた松平武聰の度量は褒めるべきである。岸静江の勇猛さは、相対した長州兵達に知れ渡っており、尊敬の念が厚かった。

なお、松倉丹後にも五〇石の加増の沙汰があったが、即刻辞退している。

「あんたなんかに岸様の本当の姿が分かる訳ないじゃないか……」

少しだけ声に明るさを取り戻した与助に、大村益次郎は手を振った。

「まあ、今日の所はお主の元気な姿を見られたことでよしとするか。気が変わったらいつでも声を掛けてくれ。そうそう、あやめさんも元気で」

ありがとうございます、と声を返すあやめを背に、大村益次郎は民政所が設置してある八百屋の三沢五郎右衛門宅に向けて歩み去って行った。

その背が小さくなったところで、ようやく与助は振り返り、小さく息を吐く。

改めて二人、浜田城下町を眺めて与助は暗澹たる気持ちになる。それは大火による城下町の惨状にではない。人々は変わりなく日々の生活を続けている。大きな災厄に苦難に遭おうとも、挫けず諦めず、自分なりの日常を送っている。それまでのとの違いがあるとすれば……、ただ、少しだけ空の景色が寂しいこと。

浜田での戦は終わった。しかしこの戦いは幕府と長州藩の権力争いであり、彼らは全く浜田の領民について気に掛けることはなかった。その上、浜田藩でさえ最終的には松平家という御家を守る事に必死であり、結果として浜田から去っていった。

見上げたのは亀山と名付けられた小山。そこには焦げた木立と無骨な石垣だけが残る。

これまでの日常との違いは、浜田城の白壁が、赤瓦がそこにない事。ただそれだけだった。生まれて初めて空を仰ぎ見た時から常にあり、永劫と信じるほどの存在感を示していた城。それが消え失せた今も、人々は常と変わらぬ生活を送る。それが当然であった事に、ようやく気付いた。

「ただ、城がない。それだけのことか」

いつの間にか掌にあやめの手のぬくもりがあった。その温かさが、自分にとって大切なものを思い出させてくれる。浜田の町を、土地を、人を。そのために自分は生き、日々を過ごし、誰かの笑みを見るために仕事をするのだ。

傷ついた町並を、これから復興していく浜田の町を、二人はいつまでも眺め続けていた。

追記

長州藩の支配下となった浜田藩および天領大森は、明治二年（一八六九）、版籍奉還により大森県となり、さらに明治四年（一八七一）県庁が浜田へ移転され浜田県となった。さらに明治九年（一八七六）になってから島根県に編入された。

鶴田藩は慶応三年（一八六七）に二万石が加増されて二万八千石に、さらに慶応四年（一八六八）に明治政府より加増があり六万一千石の石高となった。明治二年（一八六九）、版籍奉還により松平武聰は鶴田藩知事に就任する。しかし明治四年（一八七一）廃藩置県により鶴田藩は鶴田県となり、松平武聰は藩知事を免職された。

河鰭監物は松平武聰に従い、鶴田藩においても家老となり家政を担ったが、廃藩置県により失職した。しかし、河鰭監物が浜田藩家老時代に殖産した製紙、鉄工、養蚕、櫨の植え付けなどは、その後明治期においても石見の重要な産業となり残ることとなった。明治維新後は東京に上り、明治四年（一八七一）に設けられた国会の諮問機関である左院に建議を提出するなど、経済問題に関与し続けた。

大村益次郎は明治新政府においても軍師として軍務を担い、軍政改革を行った。戊辰戦争においても前線で指揮し、兵部大輔を務めたことから日本陸軍の創始者として名を残した。明治二年（一八六九）刺客に襲われ、十一月五日に逝去している。

田中博一（たなか　ひろいち）
昭和四十八年（一九七三）島根県邑智郡邑南町（旧浜田藩）生まれ。前著に『石見戦国史伝』があり、石見地方の歴史、遺跡の紹介につとめる。島根県浜田市在住。

浜田城史伝

二〇二一年六月十日　初版発行

著　者　田中博一《たなかひろいち》

発　行　ハーベスト出版
〒六九〇—〇一三三
島根県松江市東長江町九〇二—五九
TEL　〇八五二—三六—九〇五九
FAX　〇八五二—三六—五八八九
URL:https://www.tprint.co.jp/harvest/
E-mail:harvest@tprint.co.jp

印刷製本　株式会社谷口印刷

Printed in Shimane Japan
ISBN978-4-86456-393-2　C0293